如果愛是選擇題

If Love Were a Choice

Misa

Sophia

笭菁

晨羽 ——————— 著

目錄

直到風起的那一刻

／Misa

他又再次於夢中出現。

「李銘修，你沒事了嗎？你還好嗎？」我掉著眼淚，踏出腳步想抓住他，但無論我怎麼跑，他始終與我保持同樣的距離。

「你過來，讓我看看你啊。」眼淚一發不可收拾，連我的聲音也開始顫抖。「不要離我這麼遠，李銘修，你可以過來一點嗎？」

但是他依舊站在那，沒有移動。

他看著我的表情是什麼？是哀傷？是愛戀？是痛恨？還是後悔？

罪惡和懊悔吞噬著我，以至於這場夢景究竟是真是假，我也無法判斷。

※　※　※

鈴鈴鈴——

手機鬧鐘響起，我有些艱難地睜開眼睛，因為在睡夢中哭泣的關係，所以眼睛上沾滿了乾掉的淚水與眼屎混合的黏液。

「唉。」關掉鬧鐘後我嘆口氣，雖然想再多睡一會，但還是強打起精神起床。

看著鏡中浮腫的雙眼，水腫的臉頰，我無奈地微笑了下，這個模樣能工作嗎？大家會不會覺得我還走不出來？

我最怕別人用同情的目光看著我了。

「沒事的，李瑛羽，已經沒事了。」我對自己打氣，再用力拍了兩下臉頰，然後露出笑容。

信心喊話後，我趕緊梳洗，接著換上褲裝，忽然發現褲頭鬆了不少，這些日子什麼都吃不下，已經瘦了幾公斤。

但，我不能繼續這樣下去，要是再不去上班，爸媽就會強行帶我回家了。所以確認儀容一切完美後，我拍了張自拍照傳給他們，報告一下我今天要出門上班了。

爸媽很快已讀，卻許久未回覆，我猜想，他們一定是千言萬語，卻又不知道該說些什麼才合宜吧。

我在玄關穿好鞋子，回頭看著鞋櫃上的相框。

同時，爸媽的訊息也傳來，一句：「記得吃飯。」包含了他們無盡的愛與關心。

我感到溫暖，也感到抱歉。

再次抬眼看了那張照片，是多年前，我和李銘修的合照。

我倆笑得燦爛，雙手緊握。

「李銘修，我出門了。」

我說了句好久沒說，也再也沒機會說的話。

陽光炙熱，瞇著眼睛感受久違的日曬，盡全力想記得這份溫暖。一如往常到了咖啡廳，這是我上班前的慣例。

「好久不見妳來了，最近比較忙嗎？」早班的櫃檯小姐對我微笑，「一樣是冷萃咖啡，對吧？」

「不。」我下意識脫口而出，「今天改冰拿鐵吧。」

「好，那麻煩旁邊稍等喔。」她也笑著，繼續服務下一個客人。

拿鐵，是李銘修會點的，我不喜歡奶味，只喜歡單純的咖啡豆香氣。

但李銘修若是喝黑咖啡便會胃痛，所以需要牛奶墊胃。

我們兩個的喜好這麼不同，個性也大相逕庭，就連興趣也不一樣。但，我們卻在一起了好長一段時間，每個人都說我們是互補的性格，是命中註定在一起的緣分。

可是……

「小姐，妳的冰拿鐵好嘍。」她將咖啡拿給我，還親切地笑著說：「冰拿鐵是幫妳男友買的，對吧？他總是會加三下糖，所以我幫他加好嘍。」

「呃……」我愣了下，她一見狀馬上摀住嘴。

「抱歉，我多事了嗎？這是妳要喝的嗎？」

見到她抱歉的神情，我不忍地趕緊補充：「不，我只是很訝異妳這麼細心。謝謝。」

「那就好。謝謝妳，祝妳有美好的一天。」她朝我再次笑著，我也點頭致意。

離開後，拿著這杯不知道該怎麼辦的拿鐵，往公司方向前進。

大家一見到我來上班有些訝異，他們認為我應該要再休息得久一點，但我已經休息四個月了，再請下去，想必連人事都會為難吧。

我笑著跟大家說：「我也該回歸日常生活了。」

有些人想出聲安慰，卻又怕說錯話，最後只能盡量用平常的態度與我交接休假這段時間所累積的工作。

談工作總不會出錯。

埋首工作是個消除腦中雜念的好方法，讓工作填滿腦袋，就沒有餘力去想那些事情。我應該要更快回來工作才對，或許就是因為一直待在家，才會做那些夢……

「李瑛羽，妳來上班了？」一個聲音忽然將我的思緒從電腦螢幕的工作上拉回，一時間，我不敢回頭看他。

「嗯。」我簡短地回應，連頭也沒抬。

「妳好多了嗎？我打電話和傳簡訊妳都沒有接……」他用不會被他人聽見的音量說著，而我佯裝沒有聽見，從桌上一疊的資料夾中抽出其中一個交給他。

「這個我剛才整理完了，第六頁有個錯誤，其他都沒問題。」

「這麼快？妳才來上班多久……等一下，妳還好嗎？」鄧旭生被我驚人的工作效率嚇壞了。

「哎呀，她沒事啦，這麼久沒回來上班，總是要快點處理一下堆積的公事吧？」胡櫻桃手裡拿著咖啡放到了我桌上，對著鄧旭生眨眼。「你也該回座位了吧。」

鄧旭生明白不是說話的時機，又多看了幾眼，但我並沒有理會。

「中午的時候見。」他低聲說，我並沒有應允，任他轉身回座位。見到他離開，胡櫻桃鬆了一口氣，比了一下剛才的咖啡。「來，這給妳。」

「我已經買了。」

「冰拿鐵耶，又不是妳會喝的……我幫妳買了冷萃，拿鐵就給我吧。」胡櫻桃搖頭，眼裡露出些許傷感。「妳有什麼需要幫忙的，儘管跟我說。」

「謝謝妳。」千言萬語也只能化為這句感謝，我忍住快要流出的眼淚，將視線轉回螢幕上。

「我們中午一起吃飯吧。」

鄧旭生的訊息跳出，我不確定胡櫻桃有沒有看見，但她輕拍了我的肩膀後，拿走那杯拿鐵，回到自己的位置。

我點開他的視窗，這些日子來他所有的訊息句句關心，讓我不禁熱淚盈眶，我打上了：「給我一點時間吧。」

我打上這句，馬上顯示已讀，良久他回覆：「好。」

在我要關掉視窗以前，他又一則訊息傳來：「我會一直陪在妳身邊。」

淚水幾乎潰堤，那洶湧的情緒，就像這段時間以來累積的罪惡感一樣。

鄧旭生、李銘修。

如果早知道事情會是現在這樣，那一天，我還會說出那樣的話嗎？

※　※　※

李銘修、李瑛羽。

我們兩個的名字從小就被放在一塊兒，除了都姓李以外，便是我們從小就是鄰居，不只在同一所學校，還同班，就是大家口中的青梅竹馬。

李銘修從小就住在這裡，而我們家是在我四歲時搬來的，就算當時的我才四歲，也被李銘修特別清秀的模樣給吸引了。

那時候就覺得他長得好漂亮、好好看，想和他成為好朋友。

我們從幼稚園開始同班，每天都牽著手一起到學校，假日也很常一起出去玩，那時媽媽和阿姨還幫我們拍了許多可愛的照片，曾經是我的寶物，每天都會帶著去上課。

升上小學後，我們開始嘗試自己去上課，不用父母接送。一開始我們維持幼稚園的習慣會牽手去上學，但過了幾個月，不知道是誰在路上看到我們，說了句：「男生女生牽手羞羞臉。」後，李銘修就說不要牽手了。

不過我們還是每天一起上下學，也總是有說不完的話題，平常晚上時常串門子外，兩家人假日依舊會一同出遊。

身邊的人總說我們感情好，雖然不乏一些開玩笑的八卦話語，但我們兩個倒是沒有多加理會。

小學三年級時，經歷第一次分班，而我們兩個奇蹟似的還是在同一班。

「李瑛羽，妳和李銘修幾歲就認識啊？」坐在我前面的女同學叫做楊桃，她就像電視裡頭的公主一樣，有著圓圓的大眼睛和卷卷的長髮。

「我們四歲就認識喔。」

「哇，那你們就是青梅竹馬耶，好羨慕喔。」楊桃邊說邊偷看李銘修一眼，「他長得好帥耶。」

「他？好帥？」我永遠記得聽到「好帥」這兩個字的驚訝，對當時的我來說，好帥應該是用來形容電視上面的藝人明星們，怎麼會是我身邊的李銘修呢？

「妳不覺得他很帥嗎？」楊桃反問。

「我是覺得他長得很不錯啦，但是帥……？」我歪頭，一臉問號。

「哎呀，問妳不準啦，因為你們是青梅竹馬，早就看膩了吧！」楊桃大笑，又偷看了一眼。「跟他同班真是太幸運了！」

雖然楊桃的稱讚讓我十分疑惑，心想或許是她的眼光比較特別。但幾天後，一次下課時的閒聊，我發現居然很多女生都有一樣的想法，這真是太讓我驚訝了，原來別人是用這樣的眼光看李銘修。

但是小學三年級的憧憬還是很單純的，大家只覺得他很帥氣，覺得看見他會害羞、心跳加速之類，並沒有人真的想和李銘修成為男女朋友。

到五年級就不一樣了，楊桃從原本對李銘修只是「好帥的同學」的憧憬，逐漸轉變成「揪心的喜歡」，甚至誇張到吃不下午餐，或是會盯著他的側臉然後嘆氣。

「唉，我這樣是喜歡他嗎？」在一個落葉滿天飛的午後，我們一起掃地時，楊桃忽然用少女的口吻與音調說了這句。

「啊？喜歡什麼？」我正奮力地想把角落裡沾濕的落葉掃起，沒聽清楚她的話。

「李銘修啊。」楊桃嘟起嘴，「而且這麼幸運，這一次分班又跟他同班，我覺得這是命中註定耶。」

「啊？我也同班呀，那妳也跟我命中註定。」我張大嘴。

她沒理會我的話，繼續說：「李瑛羽，妳有沒有聽李銘修說過覺得哪個女生很可愛？」

「嗯，我跟他不會聊這些。」我吐了舌頭。

「那你們都聊什麼？」

「我跟他共同的興趣就是電動，最近他爸爸買了遊戲機，我們一直在嘗試破關《星星王子》……」

「李瑛羽啊！妳怎麼這麼不像女生啦，居然在玩電動！」楊桃怪叫。

「玩電動哪有不像女生啦，我也會玩芭比娃娃啊，這樣有像女生了嗎？」我嘟嘴，覺得無辜。

「吼，那，妳可以幫我問問看，李銘修有沒有覺得哪個女生很漂亮？」

「我直接問他覺得妳漂不漂亮不就好了。」

「絕對不行！這樣他就知道是我問的啦！」

「本來就是妳問的啊。」我搞不清楚楊桃到底想幹嘛，「所以妳剛剛是在說妳喜歡他喔？」

「我也不知道，但是一看見他就覺得呼吸困難，而且心跳好快又好緊張，腦中還會一片空白，都不知道該怎麼說話了！」

「妳要看醫生吧，應該是生病了。」我誠摯地建議，但是楊桃好像很生氣。

下課鐘聲響起，我正在收拾書包，李銘修原先坐在他的桌子上和其他人聊天，忽然對我說：「李瑛羽，好了叫我一聲。」

「喔。」這是每天的慣例，我們就住在隔壁啊，當然一起回家。

從小到大都是這樣，也習慣了，但當我應了這句，不知怎地，我忽然抬頭看了楊桃一眼，只見她咬著下唇，看起來就快哭了，而眼底又滿是羨慕。

「呃，楊桃也和我們一起走吧？」一見她那表情，我下意識就這麼說了。

「喔？好啊。」而李銘修也爽快答應。

楊桃破涕為笑，歡喜地衝過來抱緊我，只差沒親我了。

「謝謝妳！瑛羽。」

雖然不確定她為什麼要道謝，也不知道自己為什麼要這樣做，但我還是拍拍她的背安慰著。

於是，奇怪的組合就這樣誕生了。

我們變成時常三個人在一塊，無論是分組、下課或是自習時間，就連放學也都一起，而楊桃明明就住在反方向，每次跟著我們回到家後，還得自己繞路回家，這讓我覺得實在太刻意了。

「欸，妳最近跟楊桃很要好？」一天，李銘修終於受不了地問我。

「我和楊桃本來就不錯，不是最近比較好。」

「但她以前不會這樣黏著妳，現在連放學都一起。」李銘修抓了抓後腦勺，「我覺得很不自在，以後我們各自回家好了。」

「喔……這樣也好，我也覺得不自在。」每次，要跟李銘修聊一些只有我們倆知道的事時，楊桃就會打破砂鍋問到底，讓人很頭疼。

「那就從今天開始吧。」李銘修說，「還好白天上學時間，她不會跟我們一起。」

「真的！」我不禁大聲同意。

「什麼啊，所以妳也會覺得她很煩嘍？」看到我的反應，李銘修不禁一笑。

「也不是煩，就只是覺得想要大口呼吸。」

「這是什麼形容啊？」李銘修大笑，一邊做出大口呼吸的動作。「但是我大概理解。」

我聳聳肩，青梅竹馬總是很有默契。

於是今天一整天，李銘修第一次分組沒有找我一起，而是找了其他人。我則和楊桃及另一個女生組成一隊，做實驗時，一直悶悶不樂的楊桃欲言又止，還因此搞錯藥水劑量，讓我們的實驗失敗。

「楊桃，妳專心一點好不好！」我忍不住對愁眉苦臉的楊桃吼，實驗失敗可就沒有分數啦。

「對不起啦，我只是……瑛羽，為什麼今天李銘修沒有跟我們一組？」她朝李銘修的方向悄悄看了一眼，又可憐兮兮地轉回來看我。

「我們本來就沒有說好一定要一組！快點，請妳控制好劑量，不然妳就不要做了。」眼看時間只剩下三分鐘，真的沒心思處理她的心情。

「對啊，要是我們實驗沒分數，我以後也不要再跟妳一組！」另一個女同學也急了。

「妳們為什麼要對我這麼兇啦！」楊桃哭了出來，而我搶過她手上的量杯，將藥水倒入容器中，終於調和出完美的綠色。另一位組員立刻舉手跟老師報告我們完成了實驗，剛剛好壓線。

雖然平安獲得成績，但一整天下來和楊桃的氣氛也變得有些奇怪，我也不知道要怎麼主動開口。

放學的時候，我和楊桃之間的氣氛還是怪怪的，也不確定她會不會找我一起放學，我就在座位上慢吞吞地收拾東西，順便等她，結果她收好書包，就直接離開了。

見狀，我嘆了一口氣，揹上書包就準備離開。

「怎麼，妳一個人走喔？」李銘修晃到我旁邊。

「別提了～」我擺擺手。

「那這樣我們一起回家吧。」李銘修說。

「喔，那我要順便去市立圖書館還書，跟我一起去吧。」

「妳又在看小說喔，不覺得很多字很悶嗎？」李銘修最討厭看字了。

「我才不懂數學有什麼好玩。」我白了他一眼。

「數字很神奇啊，我那天看到表哥的國中課本，居然有個科目叫理化，看起來超難超有趣的，我表哥稍微教了我一點，真期待快點上到理化課。」

見到李銘修興奮的模樣，我覺得有點可愛，忍不住一笑：「我倒希望永遠都只有國文課。」

「那我就會變成拒絕上學的人。」李銘修認真地說。

我們兩個一邊聊著無關緊要的話，一邊往校門口走去，但是才剛踏出校門，就見到折返回來的楊桃一臉驚訝看著我們。

「現在是怎樣？我不在你們就一起放學？所以是排擠我？」她的話雖然說得莫名，但也是事實。「我還想說妳一個人很可憐，折回來找妳，沒想到妳卻排擠我。」

楊桃哭了起來，一時間我也不知道怎麼辦，無奈地看著李銘修。

他搖頭嘆氣，擋在我面前看著她說道：「楊桃，一直以來我和李瑛羽本來就是兩人同行，事實上妳才是突然加入的人，不用這樣哭好像妳是受害者一樣。」

直到現在，我想起這話都還覺得直白到傷人，不過對當時的我來說，根本瞬間被李銘修帥到。

可對楊桃就不一樣了，她從那天開始變成李銘修的黑粉，時常在班上講我們的壞話，不過同學們大概也都知道怎麼回事，加上小學時代八卦心沒有太強烈，事情並沒有造成什麼實質影響。

升上國中就不一樣了，李銘修受到更多女生的歡迎，跟小學那種「憧憬」與「欣賞」的感情已經不同，是真真正正的「暗戀」、「喜歡」著他。

這下子，我理所當然就變成了女生們的眼中釘，不過也有些女生相信我們只是青梅竹馬關係，所以想跟我變成超級好朋友，認為近水樓台先得月，可以透過我和李銘修的關係快速加溫。

但這就讓楊桃有機可乘，又開始講起我和李銘修的壞話，當然也加油添醋了點，像是我變成心機女，李銘修變成渣男……。尤其是她對李銘修講的那句話記恨到不行，每次總是會重複他在校門口講過的那句，原汁原味。

雖然理性的人有，但被煽動的人也不少，久了還真的有點煩。

「你可以處理一下你的粉絲嗎？」我氣呼呼地打開他的房門，而他正在打電動。

「怎麼了？今天又怎樣了？」他看了我一眼，又繼續打電動。

我氣得坐到他旁邊，「今天，我被你的粉絲逼著發誓說，我對你沒有半點男女之情，她們真的是發瘋了耶！你可不可以處理一下。」

「是喔，那妳怎麼回答？有發誓嗎？」他特意暫停了電動，十分關心這一點。

「我幹麼那麼無聊跟她們起舞去發誓，又不是神經病。」我翻了個白眼。

「但如果妳真的對我沒有感覺，發誓一下也不會怎樣吧？」

「我的天啊，你怎麼跟那群女生講的話一樣？」我大驚。

「所以妳潛意識其實是喜歡我的吧？」李銘修說出了這些年我聽過最噁心的話，但奇怪的是，明明覺得噁心，我卻無法吐槽，相反地，我感覺結巴得說不出話來，口乾舌燥，就連臉頰都熱了起來。

這是怎麼回事？

原先似乎打算笑話我的李銘修，在見到我的表情後也愣了下，然後低頭抓了抓後頸，又抬頭看著我。

那是一場很深也很久的凝望，他從來沒有這樣看著我過。

在我還在想說，為什麼他的臉這麼靠近時，我的唇上已經傳來了另一個炙熱的溫度。

「那我們交往吧？」

當他離開我的唇後，紅起的雙頰讓我發現，原來人是真的會因為害羞而臉紅。

於是，我和李銘修就這樣莫名地交往了。

我們交往的消息令眾多女生崩潰，無論是曾經相信我的、還是一開始就不信我青梅竹馬之說的，她們現在一致認為我是背叛者。

楊桃更是抓緊機會，大肆說著我的壞話，一瞬間我變成了影集裡面的心機綠茶婊，我曾經在廁所不小心聽見自己的傳聞，離譜到我都不知道故事裡的賤女人就是我本人。

說實話不難過是騙人的，但同時我也認為這是個區分真假朋友的好機會，至少現在聚在我身邊的女同學們，就是對李銘修沒有興趣的女生。

胡櫻桃就是在那時候和我變成更親近的朋友，她一直不解李銘修的魅力，甚至還問過我怎麼會喜歡李銘修。

「我也不知道，我甚至沒有意識到自己喜歡他。」

「蛤，那會不會只是把習慣當成愛啦？」她很是驚訝。

「但是會心跳加速也會臉紅，甚至會緊張到手心冒汗耶。」

「但妳跟他不是青梅竹馬嗎？是什麼契機讓妳發現是愛情的？」胡櫻桃又問。

「嗯……我覺得他對我來說，就像是空氣一樣，很習慣他在身邊，習慣到從來不覺得他會不在一樣。」我偷看一眼正在和其他人聊天的李銘修，覺得他閃閃發光著。

「聽起來好不可思議呢。」胡櫻桃點點頭，「那你們高中會考同一間吧？」

「就說了，他在我身邊是很自然的事情。」我說著，又望了李銘修一眼，而他也正巧回過頭與我對上眼，然後朝我一笑。

「看來你們一輩子都不會分開呢。」胡櫻桃給我們的關係下了個預言。

而就如同胡櫻桃的預言，我們一路到高中、大學甚至出社會都在一起，雖然大學考上不同學校，但兩校距離近且離家遠，自然而然選擇同居，也就是在那時候，我們有了親密接觸。

大學時期的我真心認為，我們會就這樣在一起一輩子直到結婚、生子然後終老。

然而任何一段關係都有淡去的時候，以前我們遇到吵架或是冷戰時，總是過個幾天就好，但隨著生活的忙碌與單一，漸漸地我們連說話次數也變少，大多都窩在自己的手機世界裡。

我們並沒有認為這樣的改變有什麼問題，畢竟在一起這麼長的時間，總不可能時時熱戀吧，我把這種轉變當作是關係的昇華。

況且住在一起久了，很多會讓人心跳加速的事情都會慢慢轉變為生活化的習慣。而且也因為住在一起，更能發現我們生活上的習慣不同，有時候真的能理解為什麼許多夫妻會為了很小的事情翻臉。

但即便如此，我們還是很習慣有彼此的生活。出了事情有人照顧，也很令人安心。

出社會後，我們的工作大相逕庭，他是理科、我是文科，他講的東西我總聽不懂，我的意思他也聽不明白，溝通沒有效果，最後只能照著對方的想法去做，變成雙方都認為自己犧牲得比較多。

但就如同我說過的，我們都不認為這樣有什麼問題，因為這是長久交往甚至結婚後都一定會面臨的改變。

我是這麼相信的。

「來，這是妳的冷萃咖啡。」鄧旭生把那咖啡放到我的桌上，我愣了一下趕緊要拿出包裡的錢。「不用了，買一送一。」他擺擺手，就拿著另一杯咖啡離開。

我看著那杯冷萃，不知道該不該喝。

他又送妳咖啡喔？

胡櫻桃的訊息跳出，我無奈地回「是」。

那間咖啡廳我早上才去過，冷萃才沒買一送一呢。

謝謝妳的補充，這樣我就可以放心喝了。

我反諷著，得來胡櫻桃的大笑貼圖。

我和胡櫻桃進入同一家出版社工作，原先以為一起工作可能會破壞友情，但沒想到反而建立起革命情感，現在感情越來越好。

她大學畢業後便閃電結婚，上禮拜才過完結婚紀念五週年，和老公依舊是熱戀期。

對於她的衝動我們幾個老朋友都很驚訝，但胡櫻桃只說了：「結婚就是要靠衝動，不然像李銘修跟李瑛羽愛情長跑這麼多年，就沒了結婚的衝動啦！」

當下聽到這句話，我覺得失禮又被冒犯，但李銘修聽到後卻大笑著拍手表示同意，那瞬間我覺得有些受傷。

雖然說，我也沒有急著想結婚，但是聽到李銘修認同的話，還是有種說不上來的難受。

但我也不可能問他什麼時候要結婚，畢竟我們現在的生活，就跟結婚沒有兩樣。

我拿著那杯冷萃和胡櫻桃來到休息室，等沒人後胡櫻桃才一臉八卦地小聲問：「鄧旭生要追妳吧？」

「我都有男朋友了，這樣很困擾耶。」

「只是有男朋友啊，又不是結婚。」她兩手一攤，「正常人都會這麼想喔。」

「……」

「話說回來，你跟李銘修有打算什麼時候結婚嗎？」

「我們沒聊過這件事情，但總感覺就是會和他結婚沒錯，只是……」我聳聳肩，「反正我不知道。」

「愛情長跑的情侶若是沒有結婚，最後都會分手喔。」胡櫻桃煞有介事地說。

「妳不要嚇我啦，好好的沒事，怎麼會分手？」我嗤之以鼻。

「我沒有嚇妳，經過統計真的是這樣。」

「誰統計的？」

「我、我哪知道。」胡櫻桃搖搖頭，「況且日子每天在過，妳以為一成不變，其實每天都在改變，只是沒有發現罷了。等到那個改變大到難以忽視時，才會發現原來是日積月累的影響。」

「那如果這麼說，結婚了不也是一樣嗎？我們都同居了，這跟結婚有什麼不同？」我反問。

「還是有很大的不同喔。」胡櫻桃擺擺手，看著我手裡的冷萃。「就喝了吧，食物是無辜的。」

「……他如果真的喜歡我，那我就得認真拒絕不是嗎？」

「是沒錯，如果妳真心覺得困擾，就跟他嚴肅地說明吧。」

「但他又沒有告白，我直接拒絕會不會顯得太自以為是？」

「誰會常常買冷萃給普通女同事啊？當然是喜歡妳啦！」胡櫻桃翻了個白眼。

「嗯，好吧。」我點點頭，打開了杯蓋上的封口，喝了一口冷萃咖啡。

一開始覺得有些苦的滋味，流到喉間變成了甘甜。

「妳早上不是都會去咖啡廳買咖啡嗎？」李銘修一邊換衣服時一邊問。

「來不及就不會去，怎麼了？」我正在化妝。

「那可以幫我買一杯冰拿鐵嗎？」他在身上噴了香水，「押三下糖。」

「太甜了吧！」我作嘔。

「冷萃咖啡才苦呢。」李銘修反擊，「我先去開車，等等咖啡廳門口等。」

「那你要順便載我去公司嗎？」

「可以。」李銘修在鏡子前整理頭髮，「等等見。」

因為停車場和我們的租屋處有些距離，所以他先行離開，我過了五分鐘後才出門前往咖啡廳，點了冰拿鐵與冷萃咖啡，站在門口還等了一下，才見到李銘修的車子駛來。

他的臉上帶著笑容，嘴還一開一合地，在與我對眼後，他又說了些什麼似的，才把車停在路邊。

「你在講電話？」我一上車後便把冰拿鐵放在他位置邊的飲料架。

「對啊，單位助理打來說主管今天臨時請假。」他喝了口拿鐵，露出滿意的表情。「我報表還沒做完，真是剛好。」

「難怪你眉開眼笑。」

「是嗎？」他摸了摸自己的臉，露出開心的笑容。「對了，我今天會加班。」

「是喔，那晚餐就各自解決吧。」

送我到公司樓下後，我和他說了句「晚上見」，便下車，正要踏進辦公大樓時，遇見了鄧旭生。

「早。」他主動與我打招呼，我有些尷尬地也朝他點頭。「男朋友送妳來嗎？真好呢。」

「喔，對啊。」他的反應自然又無虛假，讓我頓時覺得有些奇怪，他不是喜歡我嗎？怎麼態度會這麼平淡呢？

「聽說妳和男友是青梅竹馬？」等電梯時他繼續問。

「雖然這有點隱私，不過你怎麼會知道這件事情？櫻桃告訴你的嗎？」

「不不不，別誤會。我沒有打探妳的隱私，櫻桃也不會隨便告訴我這種事情。是有一次我經過茶水間聽到妳和櫻桃在聊天提到的。」

「喔……」我思考了一下，忽然瞪大眼睛。

和胡櫻桃提到青梅竹馬，不就上次討論到鄧旭生喜歡我，且我要拒絕他那時嗎！

他餘光似乎發現我的驚訝，嘴角勾起一抹微笑，轉頭看著我的雙眼十分堅定。「抱歉，聽到了全部，因為影印機就在茶水間旁邊，所以我拿資料時聽見的，我得承認因為話題是我有興趣的，才會多做逗留多聽了些。」

「喔……」我也只能這樣回答。

「咖啡的事情讓妳困擾了，我以後不會再這麼做，真是抱歉。」他慎重地說，反而讓我不知所措。

「也、也沒有。」

「喔？沒有讓妳困擾嗎？」結果他露出了調皮的眼神，頓時讓我心臟劇烈跳了下。

「不……」

忽然有其他人也踏入辦公大樓，在電梯前的我們只能結束這個話題。而鄧旭生帶著惡作劇的笑容，心情似乎很好。我從來沒見過他那樣的表情，使得我莫名有些好奇，他還會有怎樣的面貌？

「妳是不是已經拒絕鄧旭生啦？他一個禮拜沒送妳咖啡了耶。」八卦的胡櫻桃在某天午餐時詢問。

「我沒有主動拒絕他，但是他聽到我們的談話了。」我用叉子捲著義大利麵條，想起了他的笑容。「他跟我想的有點不同。」

「怎樣不同？」

「就他平常和大家開會時都很嚴肅，對數字也斤斤計較，只有在銷量好看時會見到他的微笑，但是那天他和我說話時，卻露出了像一般人的笑容。」

「他就是一般人啊，妳在說什麼？」胡櫻桃不明所以。

「哎呀，反正就是這樣啦。」因為表達不出來我的感覺，所以便草草結束話題。

用餐完畢後，胡櫻桃下午還有會議要開，便先行回去辦公室。而我則繞去咖啡廳再買杯冷萃，卻在排隊時意外看見鄧旭生。

「妳也來買咖啡？」鄧旭生對我打招呼。

「明天要送印，所以今天得加班完成才行。」我無奈一笑。

「要補充咖啡因就是了。」他笑了幾聲，聲音爽朗。

「對了，你要喝什麼？讓我請你吧。」我心血來潮。

「不用了，我自己來就好。」鄧旭生拒絕。

「你請過我喝那麼多次咖啡，這一次就讓我請你，不然我過意不去。」我認真地說，況且他請我好幾次，我只請這一次，還是他虧了呢。

「那好吧，我也一杯冷萃。」鄧旭生笑著，沒有否認他一直以來的「買一送一」是藉口。

或許是因為拒絕他以後，我心中的大石頭也放下了，便覺得和他相處起來自在許多，就和他聊起了最近熱賣的作品。

我們一人手拿一杯冷萃，一邊走回辦公室，從公司熱賣的作品聊到我們私人閱讀的習慣與喜好，才發現相似的地方如此多。

我從來沒有和鄧旭生好好聊天過，我是編輯、他是業務，撇除他送我咖啡這件事情，一直以來我們就只有公事上的交流。

沒想到除了胡櫻桃外，還有人可以這樣和我聊書，讓我十分高興。

「妳說的那本精裝書我有，明天帶來借妳？」

我頓時睜亮眼睛，幾乎要尖叫起來。「真的？但是那本書是絕版書，你確定要借我？」

「是啊，妳是個很愛惜書的人，借妳我很放心。」鄧旭生篤定。

「我的確很愛惜書沒錯，但你怎麼知道的？」

「妳的辦公桌十分整潔，所有作者的書籍也總是分門別類地收在旁邊的書櫃，就連翻頁時也都小心翼翼。還有當妳在提案新書故事時，眼睛總是閃閃發亮的，就知道妳有多愛書了。」鄧旭生細數，而我十分驚訝。

我從小就愛看書，這是我為數不多的興趣與嗜好。胡櫻桃雖然也愛看書，但沒有我這麼狂熱。李銘修不看書，他甚至有時候連我話語間的意思都聽不懂。

但我不怪他，本來每個人對文字的敏感度就不同，況且李銘修還是理科，比起文字，他對數字更敏銳。

「被你這樣一誇獎，我還真不好意思。不過說起愛書，我絕對不輸任何人。」我豎起拇指。

就在快到辦公大樓前的馬路上，他忽然停下來，我一愣也跟著停下。「怎麼了？」

「這是我們第一次好好聊天呢。」他說。

「喔……好像是耶。」

「所以我覺得此刻氣氛很好，並不想打壞。但是我又不免猜想，會不會是因為妳以為我放棄了，所以才能用輕鬆的態度面對我呢？」

「咦？」我一時沒聽明白他的意思。

「雖然我這麼說可能會讓妳再次遠離我。但我也不想讓妳覺得我放棄了。妳有男朋友這件事情，和我喜歡妳是兩件事情；妳拒絕我，也和我喜歡妳是不同事情。我不會造成妳困擾，也不會更進一步追求妳。但我還是會繼續喜歡妳。」鄧旭生忽然一口氣說出了這些話，讓我難以呼吸。

「可、可……」

他朝我一笑，「放心，我明天還是會帶精裝書來借妳的。」

「你、你知道我有男朋友吧！」我立刻這麼說。

「我知道啊，我剛才也說了。」他狐疑。

「所以、所以我們不可能。」

「我也知道啊，但這和我喜歡妳是兩件事情。我會繼續喜歡妳。」

「到什麼時候？」

「到不喜歡妳為止吧。」鄧旭生聳肩，「抱歉，我可能有點煩，但我也不想用志同道合的同事這種身分接近妳。」

「呃……這樣我很尷尬，不知道怎麼面對你。」

「妳想怎麼做就怎麼做，我只是不想說謊。」鄧旭生是個過於直率的笨蛋。

我嘆了口氣，「知道了，那就這樣吧。」

「那，除了剛剛提到的那本書，我其實還有前傳。」忽然鄧旭生又說。

「什麼！也借給我吧！」我大叫。

我一直反覆想著，要是一模一樣的狀況，換成李銘修遇到呢？

他拒絕過了，對方也說了會繼續喜歡他了，所以用這樣不上不下的態度和對方繼續相處，我會不會生氣？

然而我完全想像不出來李銘修會做這樣的事情，甚至想像不出來我的反應。

和他在一起的這些年來，我從未吃醋或是嫉妒，這或許就是屬於我們特有的穩定感吧。

所以這件事情我該告訴他嗎？

有個同事在追我？我最近在讀的精裝書就是他借我的？

這怎麼聽都不太對，也讓人不舒服吧。

書本是無罪的，況且我也不想讓鄧旭生只是因為喜歡我，而被李銘修評論為人。

李銘修會嗎？他會評論他嗎？

他會對我吃醋或是嫉妒嗎？

我好像從來沒見過。

他對我，似乎也很放心，就如同我對他一樣信任。

「李銘修，你有為我吃醋過嗎？」

正在滑手機的他挑眉，「怎麼忽然這麼問，真不像妳。」

是啊，我們的交往一直都非常理性，固然臉紅心跳過，但也隨著時間逐漸消失，成為共同生活的回憶。

「我只是好奇。」

「那妳會為我吃醋嗎？」他反問，手機依舊沒有放下。

「我也不知道，我們兩個好像沒有遇過什麼危機。」

「妳想遇到？」李銘修終於放下了手機，「我們真的沒有？」

「我們……有嗎？」我覺得有些古怪。

「我也不覺得我們有問題，但或許這就是問題所在，不是嗎？」李銘修的話讓我沉思了下。

「聽不懂你什麼意思。」莫名地，心中有些悶悶的。

「其實我也不知道。」他看了一下手機時間，「我要去樓下便利商店，妳要買什麼嗎？」

我搖頭，「我等等要去看稿子。」

「喔。」他聳聳肩，便離開了。

我端著茶來到書房，一邊看稿子，一邊想著李銘修話語間的意思。

但後來因為故事太好看，我陷入了作者創造的世界中，連李銘修什麼時候回來都沒發現。

「早。」鄧旭生從後方與我打了招呼。

「早。」我回應他，順便把手上的提袋給他。「我看完了。」

「這麼快？妳是不眠不休地看嗎？」他很驚訝。

「看書的速度也是我的專業之一。」我驕傲地說。

「哈哈，那不就還好我今天出門順手拿了這個來。」他從包包裡拿出了一本裝在氣泡紙中的紅色書籍。

「天啊，真是心有靈犀耶！」我忍不住笑了出來，接過那本書。「剛好最近工作告一段落比較不忙，可以好好看書。」

「妳前陣子很忙的時候也是看了不少書。」鄧旭生吐槽，我也承認。

「因為看書也是讓我放鬆的休閒啊。」我們進了電梯，難得在上班時間沒有其他人一同搭乘，於是我們便繼續聊。

「但妳的工作已經是閱讀，休閒又是閱讀，不會覺得看到文字想吐嗎？」鄧旭生問。

「不會呢，雖然很偶爾會疲乏，但是三日不讀書便覺面目可憎啊！」我驕傲地說，「但學生時代我成績沒很好就是了。」

「我學生時代成績倒是很好，大學還考上醫學系。」

「啊？真的假的？那為什麼你會跑來出版社？」我大驚。

「因為念了一年覺得不適合我，我好像只是很會念書，並不是真的喜歡醫學。」鄧旭生笑了笑，「總之，我很慶幸果斷轉換跑道，不然就不會來這裡上班，也不會遇見妳了。」

我一愣，電梯門正好打開，鄧旭生直接朝辦公室走去。

「唉！」我嘆氣。

能用平常的態度和鄧旭生相處這一點我很感謝，加上和他一起討論書的內容也很開心，大多時候，他都是一個紳士的模樣，只是偶爾他還是會提到自己喜歡我的這件事，讓我有些困擾。

「但其實也有點開心吧？」胡櫻桃這麼說。

「妳不要這樣講，好像我有心出軌一樣。」

「沒有那麼嚴重到出軌好嗎？有人喜歡自己本來就是值得一件開心的事情，況且妳和李銘修交往了這麼久，本來就要有新的刺激，你們的關係才會更好啊。」

「啊？妳是說要有新的對象才會覺得原本的對象更好這樣嗎？我可不要！」

「不是啦，就是如果因此讓李銘修吃醋，說不定你們就能結婚啦。」

「結婚……」

「怎麼了？」胡櫻桃注意到我的表情，關心問道。而我只是聳肩，把前幾天和李銘修莫名其妙的對話告訴她。

「我搞不懂他什麼意思耶。」

「什麼啊，聽起來有夠怪。妳要找時間跟他問清楚啊，直接問他要不要結婚好了。」

「這樣很像我在逼婚耶，況且我們也才二十幾歲，不需要這麼早結婚吧。」

「就像我說過的，像你們這種愛情長跑的，要是不快點結婚，等著你們的就是分手。」胡櫻桃凝視著我許久，「你們上一次上床是什麼時候？」

「呃……不記得了。」我尷尬地左右張望，在茶水間聊這個不好吧。

「一個禮拜？一個月？」

「嗯……應該是有一次我們部門為了慶祝熱賣而聚餐那時候。」

「啊？那不就……三個月？」她又低聲說，「那妳月經有來嗎？」

「請不要亂猜，我現在就正在生理期。」我白了她一眼，「怎麼了？我們都在一起這麼多年了，次數少本來就很正常吧。」

「當然不是每天那麼誇張，可是三個月……太久了。」胡櫻桃抿了一下嘴唇，「我覺得你們要好好聊聊，或是問問看他關於結婚的想法。」

「他工作也很忙，況且每次和他聊後，就會覺得不如不要聊。」我喝了一口咖啡，「好啦，差不多該回去了。」

「等一下，問最後一個問題。」胡櫻桃欲言又止，「李銘修應該沒有怪怪的吧？」

因為不知道什麼叫「怪」，所以我請胡櫻桃舉例，她說像是常常加班，或是對著手機傻笑，然後我靠近就會跳開畫面，又或是對我心不在焉，上班開始打扮……之類的。

我靜心觀察，才發現這些狀況李銘修都有。

這使得我忽然心跳劇烈，想在腦中確認發生多久了，卻發現自己完全想不起來。明明李銘修噴香水這件事情就不符合他的個性，還有最近時常開車上下班，以及我加班時他也會加班等等……

明明這麼多不尋常的地方，為什麼我都沒有發現，為什麼我都不在意？

我帶著強烈的自我懷疑，不明白此刻的心情到底是氣自己傻，還是氣李銘修可能出軌，又或者只是擔心發現……或許我們，早就都不在意這段關係。

於是我拖著，不敢和李銘修討論這件事情，就好像我沒有注意到異常一般，繼續過著我們的生活。

「恭喜，這一次新書獲得前所未有的巨大成功，感謝編輯部門慧眼發掘了新的作者，感謝行銷部的活動規劃，引起了廣大討論。當然業務部也功不可沒，來，大家今天盡量吃，盡量喝！」總經理開心地致詞，每個人都興奮到不行地尖叫，在出版市場逐漸萎縮的現在，居然奇蹟般地出現了一本超賣的小說，宛如回到早年的盛況，更甚至已經售出多國版權，這可讓大家都樂壞了，執行長還發了不小的紅包慰問大家。

「沒想到還能看到此榮景啊！」我一邊喝酒一邊忍不住感性地哭了，還以為大家會笑我，但幾個編輯也跟著哽咽，就這樣大家哭成一團。

「編輯部門真感性啊！」鄧旭生過來敬酒，見到大家都抱在一起哭後，開玩笑地說。「我們部門可是殺氣騰騰在比較誰的業績比較高呢。」

「哎呀，都同一家公司，就是屬於大家的榮耀啊！」我舉起酒杯朝他乾杯，大家也跟著一起。

「也別喝太醉了呀，別忘了明天要開早會。」鄧旭生提醒，但是大家正沉浸在快樂之中，哪會節制呀。

出社會以後便鮮少有機會可以喝成這樣，所以我便卯起來大喝與聊天，甚至忘記要告訴李銘修，自己會晚歸這件事情。

我一回神，發現自己居然在計程車上，而且頭正靠在某個人的肩膀上。

「妳醒了？」對方察覺到我的動作，問了一聲，我想挪動身體，卻覺得頭痛劇烈得差點要吐。

鄧旭生輕柔地說：「再休息一下，就快到了。」

「到哪裡？」我一開口便覺得嘴裡都是嘔吐的味道，連喉嚨都乾啞得不行。

「到妳家。」他輕聲說，我才注意到計程車已經在我們家巷口的轉角。

「在這邊就好！」我趕緊大喊，讓計程車靠邊停下，我在鄧旭生的攙扶下下了車。

「怎麼不到妳家樓下？」

「我不想讓我男友誤會。」我一邊說一邊摀住自己的嘴，「我吐了嗎？」

「放心，你們編輯部一堆人吐，不過沒弄髒什麼。」鄧旭生拿出濕紙巾給我，「妳和男友住在一起啊。」

「嗯。」我接過他的濕紙巾擦拭著嘴。

「你們會結婚嗎？」

「這是我的隱私。」我回答，而他側頭看了一下對面的便利商店。

「我去買個水給妳吧。」

「不用了，我直接回家就好。」我說，卻覺得寸步難行。

「至少讓我送妳到門口吧。」

「我不是說了，我怕讓我男友誤會！」或許是身體不舒服，使得我不耐煩地吼著。

「現在不是在意那種事的時候！」沒想到鄧旭生卻嚴肅地加大音量，「現在已經凌晨一點了，妳一個女生喝得這麼醉，要是妳回家的路上發生什麼事情呢？」

「怎麼可能，我們這邊很安全。」

「不是我送妳到樓下，就是妳叫妳男友出來接，妳選一個。」

「……」

「這無關乎我喜不喜歡妳，是我的責任。我得讓妳平安到家。」

他說的的確沒錯，但我不可能讓李銘修出來接我，他滴酒不沾，也討厭我喝酒。

忽然我心跳漏了拍，我有跟李銘修說要聚餐，但是我後來有說過會晚一點回家嗎？他會不會很擔心？

我立刻拿起手機查看有沒有訊息，發現他曾傳來一封說他要加班的訊息，而我也已讀，不過卻一點印象也沒有。

「不了，我想他應該在加班。」我將手機放回包包，「讓你送我吧。」

「嗯。」鄧旭生鬆了一口氣，站到我的身邊。「如果妳站不穩，可以把手放在我的肩膀上。」

對於他的紳士讓我有些驚訝，在我嘗試走了幾步後依然不穩，我決定接受他的好意。

我們漫步在巷子間，夜晚的風十分舒服，吹拂到臉上讓我清醒了不少，一直以來走到巷尾的租屋這條路總讓我覺得漫長，但今天卻很快。

「到了。」我輕聲說，而鄧旭生轉過身。

「好好休息。」他低語且凝望我，從他的眼神中我感受到了不捨。

接著，他忽然俯身朝我的臉湊近，伸手就要摸上我的臉，這讓我嚇了一跳立刻遮住自己的嘴巴。「我、我剛剛吐過！」

「啊？」鄧旭生一愣，他的手從我臉上拿下一片樹葉。「我只是要拿這樹葉。」

「啊……」有夠糗！是風把樹葉吹到我黏膩的臉上後黏住了！我卻以為他要吻我嗎？

而鄧旭生也明白我搞錯了什麼，他忍不住笑起來。

「我、我要上去了。」我轉身往鐵門走，一邊翻找著鑰匙。

「所以是因為吐過，不是因為不行？」他忽地止住笑聲這麼問。

我回過頭瞪他，以為用表情可以表達拒絕的堅決態度，但他卻在見到我的表情後明顯愣住，下一秒，他快步走來，將我抱入懷中。

「咦……」我發出疑問，但又趕緊摀住自己的嘴，深怕這麼近的距離會讓他聞到口中的臭味。

「如果，我有一點點機會的話……」他低聲說，但後面的話並沒說完，就放開了我。

原先有些皺眉的痛苦表情，也恢復成辦公室會看見的鄧旭生，爽朗又常保笑容的模樣。

「好好休息，明天一早還要開會，晚安了。」他微笑著，示意要我快點進去。

我感覺心跳劇烈，連呼吸都變得有些喘，我轉過頭，顫抖著要把鑰匙插入孔中，卻失敗了幾次。

「我、我太醉了。」我胡亂說著，最後終於打開了鐵門。「晚安！」然後趕緊進去，把門關上。

這是怎麼回事，他剛剛抱住了我嗎？

我誤會他要吻我的時候，為什麼會先想到自己嘴巴的氣味，而不是慎重地拒絕或是推開？

我用力搖頭，一定是我喝醉了的關係。

我抓住樓梯扶手，一路爬到三樓，打開屬於我和李銘修的家。

原先我以為他還沒回家，卻發現鐵門沒有上鎖，鑰匙輕輕一轉便開。當我脫了鞋子踏入客廳時，洗完澡的李銘修正好打開浴室的門，一見到我站在門口嚇了一跳。

「欸？妳不在家嗎？」李銘修非常驚訝，看了一下書房門口又看了一下我。「我以為妳在書房工作。」

這瞬間，我的心冷了一半。

「你都沒有想過去書房確認一下嗎？」我用力關上門。

「妳在工作不是最討厭人家打擾？我想說要睡前再去跟妳說啊。」李銘修皺眉。

「我就算在工作，只要聽到你回家了，也會出來跟你打聲招呼。你難道沒發現我沒出來嗎？我沒出來的話，我怎麼會在家？」

「妳幹嘛這樣？妳不是聚餐嗎？不開心？」李銘修覺得我的火發得莫名其妙。

「你也知道我聚餐，那又怎麼會覺得我在書房工作？」我把包包用力丟到沙發上。

「妳是有什麼問題？這個很重要嗎？」李銘修也怒了，「我今天很累，不想跟醉漢吵。」

「請問你真的是加班嗎？」趁著酒意、趁著此刻情緒，這瞬間，我想把我的懷疑都說出來。

「妳這什麼意思？」李銘修的眼神一變。

「你沒有其他女朋友嗎？」我細數著他的變化，香水、開車、加班次數、看手機的頻率。「你喜歡上別人了嗎？」

只要李銘修否認，只要他給我一個解釋，那我就會無條件地相信他。

因為，這本來就是我毫無根據的懷疑罷了。

然而李銘修卻嘆了口氣，他側過頭看著旁邊，沉默降臨，只聽得見我急促地呼吸，以及他平穩的氣息。過了一陣子他才開口：「我一直在想什麼時候要說。」

不能說晴天霹靂，但打擊還是不小。

曾經和我無話不談的李銘修，在多年的情路中變得陌生。

曾經我們兩個能纏綿到天亮，現在連親密關係次數都少得可憐。

曾經這張臉是我魂牽夢縈，如今看上去只剩下回憶。

而我更是訝異，既然能如此心平氣和地聽著他的敘述。

他喜歡上別人了沒錯，但沒有發展到交往。可兩人互相表白了心意，可依舊嚴守距離。

她是他們的助理，年齡甚至比我們大一點，但兩人在相同領域工作，有共同的敵人，也有共同的話題，最重要的是他們都聽得懂彼此在說什麼。

這是我和李銘修做不到的，我們無法聊彼此的工作，因為我們根本不了解對方的專業。

「雖然沒有交往，但你們一起出去約會過好幾次吧？」

「……那不是約會，只是吃飯，更多時候還有其他同事在。」

「可是解散以後，你們兩個一定會散步一下，然後聊天吧？」

「……是。」李銘修看著我，「妳還好嗎？」

「意外的，還好。」我的心跳已經不那麼劇烈，比起李銘修的背叛，我似乎更驚訝李銘修會做這樣的事。

「你打算跟她在一起，然後和我分手嗎？」我問。

「我不知道，我還在想。」

「把我和她放在天平兩端，秤秤看哪邊利益比較多是嗎？」我冷笑一聲。

「不是這樣……我們在一起太久了，久到好多事情都變得理所當然，好像回到小時候青梅竹馬時期那樣……」

「再不結婚……我們就要分手了。」我淡淡地這麼說。

「妳想和我結婚嗎？」他問。

「我們從來沒有討論過這個話題。」我看著他，「你呢？」

「我不知道。」

「我也不知道。」我深吸一口氣，「你好好想想，做出你的選擇。我今天也會好好想想，做出我的選擇。只要有一方決定是分手，那我們就分手吧。」

「……」李銘修沒有說什麼，我便直接進去浴室洗澡。

我沒有哭，意外地還很冷靜。

或許，我早就在心中推演過好幾次這樣的情況了吧。

但我不知道的是，這竟是我見他的最後一面。

隔天，他一大早便出門上班，我沒有見到他。而當我抵達公司，正被胡櫻桃追問昨天的後續時，接到了那通噩耗。

李銘修在公司開完會後，忽然暈倒，到院前已經沒有呼吸心跳。

從那天後，我的心也像是死了一樣，在胡櫻桃的陪伴下，與他的父母一同完成了後事。

雙方家長都以為我們會走到最後，殊不知前一晚我們才經過分手的爭吵，而我永遠不會知道李銘修的答案。

我請了很長的假，鄧旭生和胡櫻桃的訊息沒有斷過，但是我沒辦法面對任何人。

那一晚，當我和李銘修吵完架後，我躺在床上，想起的是鄧旭生的擁抱。

明明剛吵完假、明明李銘修就躺在一旁，我卻夢到了鄧旭生。

在夢裡他的唇碰上我的，而我閉起眼睛回抱他。

當我因這個夢的罪惡感與期待感醒來時，聽見李銘修沉穩的呼吸聲。

他會不會也曾在好幾個午夜夢迴，在夢裡夢見的是別人，身邊躺的卻是我呢？

我當時甚至想著，如果我們分手了，那我是不是就能更認真地面對鄧旭生了呢？

當時那一閃而過的想法，至今成為我的夢魘，成了我揮之不去的負罪感。

或許是因為這樣，我才會開始夢見李銘修。

他總是在一片漆黑之中看著我，但我總是看不清楚他的表情。

「李銘修，你想說什麼呢？」

「你最後在想什麼？」

「對不起，你是不是覺得我也半斤八兩？」

「你葬禮上有一個女的哭得好慘，就是她吧？」

「我是不是剝奪了你們可能幸福的機會？」

「你恨我嗎？」

我每晚總是會與李銘修說許多話，但他總是和我保持相同的距離，當我想更靠近他時，他便會消失在黑暗之中。

這是我的罪惡感所產生的夢境嗎？

還是這真的是李銘修回來了？

如果真的有靈魂，他會回來見我嗎？他不是更該去找另一個遺失的美好嗎？

我不斷地哭泣，每天都魂不守舍。

失去他我很痛苦，只是我也明白，並不是因為「失去心愛的他」，而是失去了一個陪伴我很久的人。

原來愛與不愛之間的差異，是這麼殘忍。

然而越是明白這點，就越是讓我陷入自我嫌惡之中。

「妳還好嗎？」中午，鄧旭生追著我的腳步跟著來到外面。

豔陽高照，車水馬龍，我身在人群之中，卻感覺十分渺小。

「我沒事。」我苦笑。

「妳不需要這樣強顏歡笑。」鄧旭生嘆氣，「在我面前，妳可以做自己。」

「喔？是這樣嗎？那你為什麼要假裝關心我的情緒呢？」我把怒氣發洩在他的身上，「難道你不曾因為我男朋友永遠離開了而感到慶幸嗎？難道你不曾覺得自己這樣就有機會了嗎？」

面對我嚴厲指責他的好意，讓鄧旭生愣了下。

「對不起，我不是……」我立刻收回自己的失態，把累積的壓力與負面宣洩在他身上，對他是不公平的。

我掉下眼淚，自己到底是個多差勁的人，難道不是因為知道鄧旭生對我的感情，我才對他如此肆無忌憚嗎？

「我一直都希望自己有機會，但絕對不是這樣的方式。他和妳之間擁有過的一切，都是不會消逝的曾經。」他輕柔地拍著我的肩膀，「妳要繼續愛著他，繼續想念著他，都是沒有關係的。」

我愣了下，哭得更加厲害，跪在地上，久久無法自拔。

「我、我不愛他了，不知道什麼時候開始，就不愛了……但是我們都習慣彼此陪在身邊，誰也不願意當先說出口的那個人，誰都不想當壞人，誰都……」

我大哭著，這才是事實。

若當時李銘修選擇要繼續和我在一起，即便我內心深處知道兩人之間已經沒有愛了，我還是會為了習慣而與他繼續走下去。

然而李銘修當時真實的選擇是什麼？他在意識消失以前，他腦中想的是什麼？

「沒事的。」鄧旭生輕柔地拍著我的背，不在乎這裡是大馬路邊，他只關照著我的情緒。「無論愛或不愛，都沒關係，妳想念他也是事實。」

我不知道自己是暈倒了，還是累到睡著了。

我又來到那一片漆黑之中，看見李銘修站在那裡。

但不同的，這一次我看見了他的表情。

「李瑛羽。」他還叫了我的名字，讓我瞪大眼睛，這是他第一次開口。

「李銘修，你、你是真的嗎？你還好嗎？痛嗎？沒事了嗎？」我立刻跑到他面前，猶豫一下後還是選擇抓住他的手腕，真切地碰觸到他。

是溫暖的，不是冰冷的。

「沒事，也不痛。」他笑了，這表情在以前很常見到，但現在卻很少看見。

「對不起，是不是因為我的話讓你……」

「不是，和妳沒有關係，這是我的命。」他抓住我的手，「妳終於聽見我的聲音了。」

「什麼？一直以來你都沒有說話，我靠近你，你就會消失……」

「因為妳負面能量太重了，太靠近妳，我會魂飛魄散，而也因為妳一直陷在自己的情緒中，所以聽不見我的聲音。」李銘修像是開玩笑般地笑了兩聲，「所以，這是我最後一次來見妳了。」

「為什麼？你不要離開……」

「李瑛羽，我們兩個早就不相愛了，對吧？」他認真地看著我，徵求我的同意。

我掉下淚水，也跟著點頭。

「那我們就分手吧。到這邊，我們各自過各自的生活吧。」他微笑了起來，這讓我悲慟萬分。

他伸出雙臂，而我撲向他的懷抱。

這擁抱就如同他生前一般，溫暖又熟悉。

「李瑛羽，妳要幸福喔。」

我睜開眼睛，看見的是輕隔間的天花板，還有周邊往來的腳步聲，聽起來很多人，再往一旁看，只見鄧旭生正閉著眼睛休息，而他的手緊握著我的。

我這才注意到，自己在急診室的病床上，手上還吊著點滴。

「嗯……」我挪動了一下，鄧旭生馬上如驚弓之鳥般醒來，他的雙眼布滿血絲，看起來久未闔眼。

見狀，我忍不住一笑。「難道我是暈倒了三天嗎？才會讓你看起來這麼疲倦？」

「不是，沒有，幾個小時而已。」他見我還能開玩笑，也露出了放心的笑容。「好多了嗎？」

「沒事了。我看你比我更需要休息。」

「我這些日子的確睡不好，擔心妳的狀況，也擔心我的行為是不是成為了妳的負擔。」

我搖頭，「我現在，真的好多了。」

不知道那場夢境，到底是我為了減輕自己罪惡感所衍生的，還是李銘修真的回來見我。

但無論是哪種，我的狀況確實好了很多，有種神清氣爽的解脫感，好像終於能夠吸到更多空氣，聞到更多味道了。

就連現在，我都感覺到肚子有些餓了。

「對你說的那些話，我很抱歉。」

「沒關係。」鄧旭生一如往常百般包容我。

「我……很怕再次戀愛，我和他幾乎從出生就認識了，我們從最熟悉的狀態變成了彼此都陌生的模樣，甚至連最後一面都是不歡而散……」我的眼淚再次落下，「對不起，短時間內，我沒有辦法接受你。」

「沒事的，妳得先好好休息、修復自己。」鄧旭生握緊我的手依舊溫熱，「我這個人是很有耐心與毅力的，就算最後妳沒辦法和我在一起，我也能全盤接受。」

「為什麼你可以做到這樣？」

「因為我努力過了，所以能接受任何結果。」他的話總是如此堅定，不受到其他事情影響。

「謝謝你……」唯獨這樣的人，我不想傷害。

※　※　※

我學習生活在沒有李銘修、卻又處處留下李銘修痕跡的世界裡生活著，我才發現原來一直以來都太過習慣彼此在身邊，連最基本的「分享」都忘記了。

如果能再重來一次，我們或許都能更珍視彼此相處的時光，或許就不會讓我們走到不相愛的這一步。

又或是，如果我們能夠早點坦白對彼此只剩下習慣的依戀，那是不是我們也能更早找到新的人生？

但是慢慢地，我學習不去想這些已經無法改變的「可能」，唯有放過自己，我才能繼續生活。

我時常會去看李銘修的父母，他們都說希望我能過得好，希望我能找到其他對象。

在他們眼中，我是一個失去摯愛的可憐女人。

我確實失去了此生最重要的存在，但我無法告訴其他人，我們已經不相愛的事實。

而見完李銘修的父母後，我總是會繞去李銘修的塔位前跟他聊聊。告訴他我最近的生活，還有他的父母，以及胡櫻桃的八卦。

胡櫻桃懷孕了，我們都開玩笑說過會不會是李銘修投胎。

今天，當我來到塔前，見到一個女人正吸著鼻涕，從塔裡走出。

她見到我時似乎愣了下，快速與我點個頭後便錯身而過。我在腦中飛快思索，她有點眼熟，是在哪裡見過？

她帶著淚水的模樣，讓我想起在葬禮上大哭的女人，是她！

「等一下。」我立刻轉身追上她，她似乎被我嚇到，想要逃離。「別走，我有話跟妳說。」

她停下腳步，有些猶豫地回過頭看著我。

「我……我是……」

「我知道妳和李銘修的關係，沒關係的。我只是想跟妳聊聊。」

她驚恐又羞愧，但同時我也發現，她跟我之前一樣，一直陷在無法走出的痛苦之中。

李銘修已經過世一年多了，她卻還在不是忌日的這天前來，還在為李銘修哭泣，她的時間沒有前進，還停留在那時候。

「妳還好嗎？」

「對不起，他是我害死的……都是我、都是我……」她崩潰地大哭起來，引來其他人側目，我立刻上前安慰她，帶著她到一旁的椅子上。

「沒事的，深呼吸，妳先冷靜一下，我們可以慢慢聊。」我拍著她的背，她好瘦，她這一年來是怎麼過的？

「我、我受不了這樣的關係……我逼他和妳分手……逼他給我回答，我給他的期限就是他暈倒的那天，他在我面前暈倒……我看著他的臉從紅潤變成毫無血色……嗚……嗚嗚……我不該逼他的，是我應該退出……」她痛哭著，帶著無盡懺悔。

「那不是妳害的，那是他的命。」我安慰她，還沒仔細思考，那句話便脫口而出。「他在前一晚跟我坦承和妳的關係，也跟我保證會離開妳，所以妳別自責，他不是因為妳的關係死去。」

「真的嗎？」她抬頭看著我，雙眼裡透出一絲絲光。「他……他說，會回到妳身邊是嗎？」

他並沒有說，但不知道為什麼，此刻我認為，我得這麼說才對。

「是的，所以，妳也去過妳的人生吧，去愛上下一個人吧。」

她彷彿得到救贖一般，再次大哭，但她已經解脫了。

「所以別再來這了。」我說。一直在這，妳是沒辦法過下去的。

「對不起，真的對不起……」她說著，不斷對我鞠躬，然後離開了園區。

一陣強風吹來，像是目送她離去一般。

雖然這幾年的李銘修變得陌生，但他的本質並沒有改變，他還是那個為人著想的李銘修。

他會說出我們最想聽的答案，對我來說，渴望聽見的是「我們不相愛了」，但對她來說，想聽見的是「我還是選擇女友」。

唯有這樣，我們才能活下去。

「是你讓我那樣說的吧？李銘修。」我對著這陣輕柔的風說，嘴角帶著笑容。

真實的李銘修到底在想什麼，我們或許永遠不會知道。

手機傳來震動，是鄧旭生的訊息。

我笑了一聲，打了通電話給他。

「喂，你在哪裡……」

風陣陣吹拂，捲起了地上的落葉與塵埃，帶走了人們的悲傷與遺憾，讓心能夠隨著風，飛向更遙遠的地方。

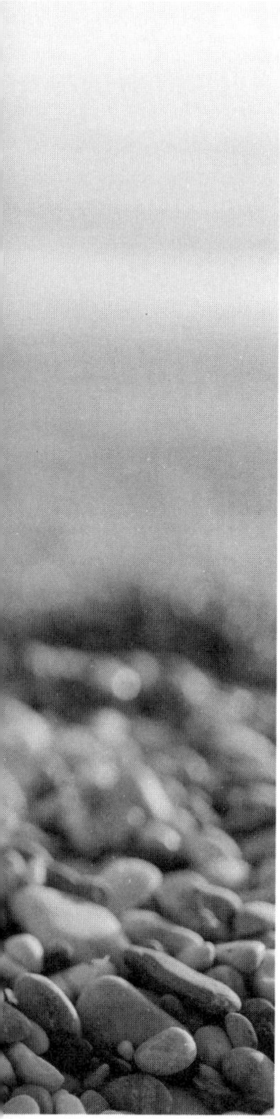

你尋找的那一片海

／ Sophia

紅燈還剩下7秒的時候，我新買的芥末色髮帶斷了。

這不是好的預兆。但沒有辦法，婚禮不會因為一條髮帶喊停，何況天氣好得不可思議，是雨馨說過的那種最適合將捧花拋往天空的日子。

我小心地把新娘換了三次才定案的捧花擺在桌上，對著清單又巡視一次戶外會場，一切都風平浪靜，連空氣中的鹹味都比平時淡了許多。

「婚禮結束之後我送妳十條髮帶，包色，斷了也無所謂。」

凱文的手戲謔地滑過我的頭髮，我瞪了他一眼，自小我就和他不和，從性格、觀念、審美喜好到食物口味，連一個勉強能達成共識的點都沒有，然而在這樣的小村子裡，生日相差兩個月的我和他，從幼稚園到高中，在別人眼裡幾乎是買一送一的銷售組合。

後來我也認命了，漸漸成為他各種禍事的共犯，大概是禍闖多了，也沒太多新鮮感，於是小六那天剛轉學來的雨馨就成了我們的新目標，從此買一送一的牌子被改成買一送二，至今我們依舊仍在爭執誰是值得被花錢買的那一個。

兩年前，我從臺北回到這個空氣裡總是混著海的鹹味的地方，還沒整理好返鄉的心情，就被凱文和雨馨強行帶離家門。

「下個月我們要在凱文家民宿辦婚禮，妳來幫忙。」

「婚禮？你們——？」

我嚇了一跳，心臟差點驟停，驚恐的目光在兩人臉上來回巡看。太荒謬了，這不可能，我寧可相信他們是正準備侵略地球的外星人，也無法接受他們挽著彼此的手踏進禮堂。

「全世界只有妳會幫我跟凱文了。」

二十分鐘的路程，雨馨仰著四十五度角，露出悲傷又慶幸的表情，直到我們和凱文會合，而我不由分說地狠狠踹了凱文一腳，她才忍不住捧腹大笑。

「蘇靜儀我哪裡惹妳了？」

「她、她以為是我跟你要結婚，哈哈哈。」

「瘋了喔。」

一陣混亂之後，我們重新降落在一個只有凱文受傷的世界。卻一樣瘋狂荒謬。原來，幾天前他們見證了一場浪漫的求婚，主角是凱文家民宿的客人，雨馨和凱文靈機一閃，居然大膽地自薦替新人籌辦婚禮，更不可思議的是——

「他們同意了？」

「不要小看半價的誘惑。」

「沒人會拿婚禮來賭吧。」

他們一左一右地攬住我的肩膀，彷彿惡魔一般在我耳畔低語：「人生的每一個決定都是賭博。」

凱文和雨馨賭贏了。

在無數的崩潰之後，我們成功給了主角一場溫馨又特別的婚禮，從此，凱文家民宿的介紹裡多了一項戶外婚禮的業務，很快雨馨便趁勢註冊了攝影工作室，將婚禮攝影包進婚禮套餐裡；只有我，依然過著一事無成、偶爾在網站接點設計委託的兼差生活。

「看吧，婚禮很順利。」

「許凱文，不要立旗。」

「妳去臺北之前沒這麼迷信啊，妳到底經歷什麼了？」凱文性格很大剌剌，卻又藏著細膩的感性，他會若無其事地打探，卻又用不在乎的態度轉換話題。「我覺得髮帶斷掉是好兆頭，妳不綁頭髮比較好看。」

「你離我遠一點。」

天氣很好，風很溫暖，凱文的輕佻像蒲公英，等下一陣風來就會被吹散。

但我沒料到，不祥的預感化作一聲驚呼，我猛然轉頭，堪稱婚禮布置重點的花牆被撞出一個空洞，大小恰好吻合女方親戚手上拉住的小學男童。

一小時後賓客就會陸續入場。

深呼吸。不要急。也不要生氣。

凱文設法挽救花牆，雨馨和新郎拚命拉住要揍小孩的新娘，女方親戚正作勢拍打尖叫大哭的臭小鬼。有一瞬間我幾乎以為自己腦袋裡的理智線跟早上的髮帶一樣一根一根地斷裂。

預感其實是某種經驗法則。

「我可以幫什麼忙嗎？」

一道好聽的聲音擾動了周旁的風，沉穩緩慢，和一切的混亂格格不入，我抬頭望去，恰好撞進一雙濃黑如墨的眼眸，男人面無表情，卻讓人安心。

我的心慢慢靜了下來。

「被壓壞的花都要換掉，附近沒有花店，要到市區買。」

「我載妳去。」他稍稍停頓，視線滑過前方的混亂，確實沒有其他多餘的人力。「我是伴郎。」

我看似擁有說不的權利，但其實我根本沒有選擇。

「好。」

喧鬧之後的沉默最讓人難以應對。

車很寬敞，某種微妙的壓迫感卻擠壓著我的身體，我不自在地假裝欣賞那片早已看膩的風景，醞釀著用對話沖淡尷尬，卻又怕突兀的聲音讓彼此的尷尬更加黏稠。

人生總是進退兩難。

我甚至不確定自己是不是該遞出名片，也很難定義他那句「我是伴郎」算不算自我介紹。

「是綠色招牌那間嗎？」

「對，停在店門口就好。」

我鬆了一口氣。

匆匆下車選購適合填補花牆的花材，白色玫瑰不夠，紅色玫瑰綻放的程度和花牆上的玫瑰落差太大，賓客抵達的時間持續倒數，我站在花店中央，拚命在腦中計算與重組。總感覺理智線或者神經之類的東西又多斷了幾條。

消耗了太多腦力，於是回程我幾乎是癱軟地靠在車門上，窗開了一些縫隙，溫熱的風讓我沒能綁上的頭髮飄動在陌生的車內，忽然，我聽見海的聲音。

愣了幾秒我才反應過來，是他播了海浪的音樂。

「海浪聲會讓妳放鬆一點嗎？」

「謝謝。」

也許是海的浪潮緩緩沖走兩人之間的沉默，又或許是透過窗縫揚起的海風讓彼此沾染上相同的氣味，一種尋獲同類的安心感消弭了緊張；但我猜想，真正的原因是他方才那抹淺淡的笑容。

畢竟，從他搭話表示能提供協助到搬完花材的這一整路，他溫和、客氣、禮貌，甚至還能搆上些許熱心的門檻，卻少了最簡單的笑容。

越簡單的事物越難得到。

也許吧。

當海的顏色映入視野，海浪的音樂聲與現實似乎產生了交融，我後知後覺地意識到，我和他還沒交換姓名。

卻也找不到適當的時機。

一切都太過匆忙而慌亂了。凱文早已等在停車場，領著一群西裝筆挺的男人搬運花材，回頭一看，那個男人也挽起袖子，毫無怨言地用他那雙修長的手捧起一大束紅色玫瑰。

其實滿襯他的。

「蘇靜儀妳發什麼呆？快去把洞補起來！」

「知道了啦。」

但其實我不知道。至少這時候的我並不知道。

所謂的人生其實是一場將洞補起的勞作，艱難地讓人難以判斷那些努力會不會終究淪為徒勞。誰都不想成為薛西弗斯。卻也誰都是薛西弗斯。

※　※　※

新娘拋擲捧花的照片被擺在民宿咖啡廳的吧檯邊，在那樣的弧度裡彷彿能看見虹光，漂亮得不可思議。

「想結婚了嗎？這裡剛好有現成的新郎。」

「不會有人在辦完婚禮之後，立刻想辦第二場婚禮。」

我推開凱文缺乏身體界線的腦袋，沒理會他定期的孔雀開屏，他卻更肆意地扭動過於鮮豔的尾羽。

「妳看，我喜歡妳，我爸媽也喜歡妳，甚至妳阿嬤也喜歡我，就差妳也喜歡我了。」

「我今天要出稿，不要吵我。」

「無情的女人。」

「總比濫情的男人好。」

凱文對我多少有點真心，但不多，大概是稀釋了三倍又加了滿滿冰塊的美式咖啡，問題不在濃淡，而是我根本不喝咖啡。

他總在心血來潮時隨意求個婚，從沒提過戀愛或交往。在他的邏輯裡，戀愛需要一把熾烈的火，長不長久無所謂，但必須轟轟烈烈，婚姻卻是另外一回事，反正走到頭也是情同家人，跟一個像家人的人組建家庭省了很多步驟。

滿滿的歪理，卻又挑不出太多問題。

「欸，學長約我去打球，幫我顧一下店，妳要回家就直接關門。」

我沒理他。

咖啡廳是凱文擴展的另一項業務，營業了半年賣出的咖啡還不到五十杯，像這樣的小村子，願意花兩百元喝一杯咖啡的人幾乎不存在，大多的人會上門點一瓶果汁，吹一整個下午的冷氣。

也有更糟糕的傢伙，任何品項都不點只喝免費的水，還厚臉皮地用了店內插座。例如我。

風鈴響了。

我沒有抬頭，繼續苦惱畫面底色要選用橘色或黃色，平日下午通常只有熟客，他們會自己拿飲料，把零錢擺在吧檯的小皿上，接著尋找一個合適的風口落坐。

人總是會找到自己的位置。

就算一開始有些侷促，只要一點時間，我們都能找到適合、或者喜歡的一張椅子。

「咖啡店有營業嗎？」

一道熟悉又陌生的聲音隨著門開啟的風流動到我耳畔，我愣了一瞬，扭身看見男人站在門邊，等著一個答案。

「有。」

男人俐落地選了一個靠窗的位置，他大概是一個擅長做出決定的人，不到三秒就點了飲料。

「一杯瓜地馬拉日曬，謝謝。」

尷尬總是來得如此突然。

我禮貌地揚起微笑，清了清嗓子，讓自己顯得鄭重而誠懇，不願意錯失一個願意花兩百元買一杯咖啡的肥美綿羊。「老闆不在，我不會泡咖啡，如果你願意的話，要不要試試 DIY？」

男人用一言難盡的表情望著我。

我又盡力爭取了一次。

「打八折？」

「給我氣泡水就好。」

綿羊的毛果然蓬鬆又柔軟，放棄了最貴的品項，轉而點了利潤最高的氣泡水，儘管咖啡店的營收與我無關，但完成一份訂單能讓我更心安理得地佔據一張桌子。

沒想到，供應一份氣泡水比我預期的更難。

「一整罐直接給他嗎？還是倒出來？但倒出來很快就沒氣了吧……」

很顯然，氣泡水超出了我理解的領域，我甚至不明白為什麼會有人多花幾倍的錢只為了多攝取一些二氧化碳；但我從來不是個會逞強的人，果斷地把問題遞給男人。

「你的氣泡水要倒出來嗎？」

男人的口袋裡似乎存放著大量的「一言難盡」，對我毫不吝嗇。

「倒出來吧。」

「加冰塊嗎？」

「不用。」

「檸檬呢？」

「不用。」在我考慮需不需要摘一片盆栽裡的薄荷擺進玻璃杯裡時，他先一步開口。「什麼都不用加，直接給我就好。」

氣泡水終於被擺在男人的桌上，換來他冷淡又迅速的道謝，我禮貌地回以微笑但他卻沒有看我。我忽然想，也許我沒機會知道他的名字了。

※　※　※

「牆上掛的畫，能告訴我作者是誰嗎？」

我愣了一瞬，花了幾秒鐘才從設計稿的漩渦中抽離，旋身瞄了男人一眼，恰好對上他等待答案的雙眼。方才的提問並不是錯覺。

順著他的視線，我望向牆面上那五幅水彩畫，都是這裡的海。是我的畫。

辭掉工作回到老家之後，我低迷了很長一段時間，看不下去的雨馨三不五時拉著我四處拍照采風，凱文也動不動就把民宿扔給我，時間和朋友的陪伴拉著我前進，我卻振作得很慢。

直到我開始畫海。

永遠不變卻始終在變的海。日子大抵便是如此的模樣。我彷彿明白了什麼，卻又生出了更多困惑，但無論如何我終於振作起來。

「為什麼想知道作者是誰？」

「因為能聽到浪的聲音，畫的技巧沒有特別好，卻很吸引人。」

店裡彷彿揚起一陣輕淺的浪。

忽然我想起來，男人幾次三番都踩在我的預想之外，無論是主動載我去市區，播放海浪聲，又或者是毫不猶豫地點了一杯手沖咖啡；現在，他問，牆上的畫作者是誰。

一股隱密的喜悅在我心口萌發。

「我畫的。」

男人有些訝異，卻很快收斂，他像是想到什麼。「婚禮送的提袋，也是妳設計的？」

我點頭。

心中的竊喜更盛，儘管有些膚淺，設計的作品能收穫某個人的喜歡，是我始終無法放棄這份工作的原因之一；沒想到，情況卻急轉直下，我竟然在男人眉眼間瞥見某種狀似甲方的挑剔。

「中規中矩，不出錯也沒有打動人的部分。」

「……什麼？」

「跟這些畫不像出自同一個人的手。」

深呼吸。忍住。我悄聲安撫自己，語氣卻不由自主地冷了下來。「畢竟是工作，要符合案主的要求。」

「如果，我的要求是給出跟這些畫同樣水準的設計呢？」

什麼意思？

難道我誤入了某個面試現場？

「我的公司主要產品是虛擬實境的軟體，正在籌劃一個觀光推展的項目，昨天婚禮的新郎是我的合夥人，這裡是他的家鄉，他希望能讓更多人看見這裡的海。」

地方很小，大多數的人都相互認識，不需要六度空間理論，每個居民身上都綁著各種關係線。新郎是我表哥的國中學長，也是凱文二姑姑老公的外甥，更重要的，他是長輩成天掛在嘴邊的「小時候頑皮不念書長大卻在臺北開了公司」的經典案例。

「不是應該找攝影師嗎？」

「單純的實景缺乏亮點，說實話，我對這個村子沒有成長的情感，這裡的海漂亮卻也不是非來不可。」

無法反駁。

卻有點生氣。

「你打算怎麼推廣這片『不怎麼樣的海』？」

「妳的表情跟王岳文一樣。」他意味不明地笑了，接著聳了聳肩。「所以我打算在這裡住一個星期，尋找更好的方案，妳的畫給出一種可能，實景結合繪圖，讓人能沉浸在虛實交融的奇幻世界之中。最好能創造一個故事，只在這裡發生的、獨特的故事——土生土長的軟體開發者、在地的畫家、只有當地人知曉的秘密故事。」

「是因為我的畫，還是因為我是這裡長大的人？」

「都有。這跟『為什麼要選這裡的海』一樣，每個地方都有故事，都有特別之處，但有時候就需要一份剛好。」

他從錢包拿出一張名片，擺在桌上。

「我會在這裡待一個星期，妳可以慢慢考慮。」

氣泡水的二氧化碳還沒完全逸散，門上的風鈴便已再度響起，我怔忪地捻起男人留下的名片。

「……周景程。」

冰涼的名片卻有些燙手，因為，他的名字終究落進了我掌心裡。

※　※　※

「考慮什麼啊！機會砸到妳臉上當然是立刻抓住啊！」

雨馨激動地抓著我的肩膀，用力搖晃，明媚的臉龐寫滿不能理解，依照她的邏輯，我該做的不是猶豫推拉，而是當場逼對方簽下合約。

「這不是婚禮小物或是海報主視覺的小案子耶，萬一達不到人家要求怎麼辦？」

我說不出口，周景程一早就評定我的提袋設計沒有亮點，甚至我無法判斷，他提出的合作邀約，在我的能力與我的出身地之間的比重，是否大幅偏向後者。

「了不起就跪下謝罪啊。」

「跪也不是妳跪！」

「藝術這種東西見仁見智，我有時候覺得自己拍出超好看的構圖，結果雇主就是堅持要網紅同款。退一萬步來說吧，妳不試哪知道自己行不行。」

「我再想想……」

「妳就慢慢想吧。」她露出邪惡狐狸的笑容，一股不安的預感竄上我的腦袋。「在這種鄉下，天空下起烏賊雨的機率都比拿到這種案子的機率大，正常人都不會拒絕，所以——」

「所以什麼？」

「我幫妳答應啦！」

我搶過不知何時被她拿走的手機，螢幕停在一則已經傳送出去的訊息，內容是簡單粗暴的一句——工作我接了。

「林雨馨妳是不是瘋了！」

「就說了正常人都不會拒絕，所以我才是正常人。」

「妳——」

電話鈴聲打斷了我的話語。

我猛然僵住，目光滑過發亮的手機螢幕，來電顯示是一組沒有紀錄、卻和桌上名片一模一樣的號碼。

「快接啊！人家立刻打來多有誠意。」

長長的深呼吸之後，我硬著頭皮按下接聽鍵。

男人的聲音輕輕扯動著我緊繃的神經。

「我是周景程。」

「我知道。」

對於我蒼白無用的回應，雨馨毫不留情地大翻白眼，用誇張的口型提示我，現在、立刻、馬上談妥合作。

「你下星期有空嗎？如果可以，希望妳能先來我們公司體驗產品，了解運作模式之後再討論工作如何進行，當然，我們會提供交通費。」

「我……」

「他們公司就在妳之前住的地方附近耶。」

雨馨忽然出聲，又很快摀住嘴巴，我瞪了她一眼，她有些討好地把網頁搜尋到的地址資訊遞給我看。

我知道周景程的公司在哪裡，甚至能清晰想起那條路上的店家。該查的資訊我早就查了一遍，甚至打了電話請表哥偷偷求證，大概是待過城市的人都會長出一顆原先沒有的防備心。周景程的人是真的，合作邀約也是真的，正因為一切都太真了，反而讓人害怕。

周景程聽見我們的對話，似乎笑了一聲。

「那就不需要人帶路了。」

我嘆了一口氣，不管我內心有多少為難拉扯，工作卻是一件很現實的事，不想去是我的私人情感，但我不想成為受困在過往感情中的人。

「星期三下午可以嗎？」

「好，我會等妳來。」

※　　※　　※

星期三來得很快。

車程也比我記憶中來得短暫，我甚至比約定時間提早一個多小時抵達，一陣恍惚感油然而生，明明那天回家的路那樣的漫長，長得幾乎讓我以為自己會筋疲力盡地跌落在路途某處，永遠抵達不了那片海邊。

我在這裡生活了五年，那是我最燦爛卻也最黑暗的日子，回想起來都覺得奇怪，人怎麼能在同一座城市烙印下光譜兩端的印象呢？

工作的洽談比預想順利，周景程的需求十分清晰明確，少了迂迴猜測，也消弭大半我內心的不安與忐忑。

幾次接觸下來，我想自己和周景程也是站在光譜兩端的人，他果決明快，似乎不被任何的拉扯所困，無論是前進的方向、想抵達的目的地都清清楚楚。

在他身邊的人，不知不覺便會被他帶著一起往前走。朝他要的方向。

「一起吃午餐嗎？」

「我跟人約好了。」

「是嘛。」周景程八成看穿了我的託辭，但沒多少人想跟甲方一起午餐，於是他很自然地點頭。「下次有機會再請妳吃飯。」

然後我們說了再見。

再見。

望著他轉身遠去的背影，我下意識用力捏住掌心，有一瞬間我忘了呼吸，等我記起來這件事，簡直像溺水一般，彎下腰大口大口地吸氣。

明明是完全不同的兩個人。

但那一瞬間，周景程的離去和記憶中那道身影幾乎是重疊錯雜成同一抹影子，我有些狼狽地跑離堂皇的大門，明明是熟悉得不得了的街道，我卻不知道該往哪個方向走。

前男友從來無法理解我的猶豫拉扯。

他跟周景程一樣，明確而果斷，無論多少選項散落在眼前，也無論前方的路途充滿多少未知，他依然能毫不猶豫地邁開步伐，做出選擇，並且成為一個被追隨的人。

我大概是追不上他的腳步的。

「蘇靜儀！」

我嚇了一跳，卻慶幸有人將我從深沉的記憶中拉回現實，抬起頭我詫異地望向朝我飛奔而來的雨馨，她的身後綴著提著大包小包的凱文。

「你們怎麼在這？」

「學長媽媽知道妳要來學長公司，就託我們拿土產給公司同事，但妳已經出門了，反正有空，我就約凱文來臺北玩啦。」

雨馨不由分說地將我再度拉回方才快步奔離的路，短短十分鐘，我又站在剛剛說過再見的男人面前，帶著大量的XO醬和小魚乾。

至少我有約的謊言成了真。

「看來這本畫冊就應該屬於妳。」

「畫冊？」

周景程遞給我一本畫冊，我驚訝地瞪大眼，迫不及待地翻閱內頁，而他沉靜的嗓音融進沙沙的翻頁聲之中。

「幾年前買的，當時作者是個美術大學學生，裡面的畫不是很精煉但很能打動人，買回來之後一直擺在我的書櫃，多少有點可惜了，如果不介意的話就請妳收下。」

「我一直在找這本畫冊。」我感激地望向周景程，接著抿起不好意思的微笑。「之前在弘大的小攤子看見，但是身上的現金不夠，後來再去攤子就不在了。」

「我就是在弘大附近買的。」一本來自遠方的畫冊，意外成為彼此的接點，或許因此，我感覺他輕輕揚起的笑容多了一絲真切。「也許它一直在等妳。」

「謝謝。」

在三十分鐘之前，我告誡自己必須在兩人之間拉起一條明確而公私分明的界線，此刻我懷中的畫冊卻彷彿一張例外的通行證，我想了想，終究無法輕易地收下一份飽含我的等待的禮物。

「改天我請你吃飯。」

※　※　※

一旦發出通行證，便很難再次設下拒絕通過的屏障。

周景程應下了我的午餐邀約，卻又攜來另一本據說同樣塵封在他書櫃的繪本，他似乎熱衷於收藏新人作者的作品。

「因為有不一樣的光和風景。」他的眼彷彿看往某個遙遠的他方，神色卻不透端倪。「我想是因為他們還站在離起點不遠的位置，所以能看見他們心裡最深的想望。妳的畫也有那樣的光。」

是這樣嗎？

「咖啡店裡的那些畫，都是在我最低落的時候畫下的，一開始被我扔在房間角落，是我朋友偷拿出來，仔細地裱框，掛在最顯眼的地方。我明白他們想鼓勵我，但我一直很困惑，當一個人不斷回望自己曾經的痛苦，究竟最後會是掙脫過去或者陷入過去。」

視線垂落在碎石子路面上的落葉，我似笑非笑地拋出言語。「在那樣的畫裡，你看見的是什麼樣的光呢？」

儘管我語調和緩，話意卻近乎尖銳而挑釁，然而周景程絲毫不受影響，反而給了我一個淡淡的笑容。

總感覺看見他笑的次數越來越多。

「要去看看嗎？」

「什麼？」

「妳藏在那些畫裡的光。」

鵝黃色瓷盤裡的鮭魚忽然變得索然無味，我勉強吞嚥下隨餐附贈的沉默，故作自然地瞥了周景程一眼，他倒是不為所動，彷彿什麼也動搖不了他的意志。

曾經我非常憧憬而欽羨這類的人。

只是如今——

兩個人的午餐結束在隱微的嘆息之中，依照預訂計畫，我應該站在餐廳門口禮貌地和周景程道別。用一頓美味的午餐換取一本我遍尋不著的畫冊，不能說是銀貨兩訖，至少也能讓彼此回歸到更簡單的甲方和乙方的關係；然而，此刻我的提袋裡卻多了一本繪本，甚至再度搭上他的車，聽著浪潮的音樂聲朝真正的海而去。

去看他在我畫裡窺見的光。

天氣很好，似乎見他的日子都有著湛藍無比的顏色。

踩上曬過太陽的柔軟沙子，每一步都帶著陷落沉溺的感受，並且灼燙著我裸露在外的腳背。

「為什麼在最痛苦的時候妳想畫海？」

「你想告訴我，所謂的光就在問題的答案裡嗎？」

他笑了。

也許是觸摸到了界線，他的、或者我的，於是周景程果斷地改變話題，卻又扯動了另一道隱匿的警戒線。

「妳可以帶著屬於妳的光去到更遠的地方。如果妳願意，我希望妳能跟公司簽訂一份長期的專屬合約，為了提高效率，需要妳搬到臺北，公司會協助妳找新住處。」

「我暫時沒有打算離開這裡。」

「也許這裡是一個令人安心的地方，卻必然失去很多機會，妳還年輕，能做出很多挑戰跟選擇。」

必然。

我不明白為什麼有些人能夠無比篤定地斷言另一個人的人生。

忽然，一陣急促的機車喇叭聲響起，我才轉頭，就看見凱文咧著愉快的笑容朝我揮手。

「是為了他嗎？」

「什麼？」

「我只是好奇，妳想要的未來在那樣的人身上嗎？」

周景程大概是誤會了。

也許在他那樣一個積極進取並且充滿野心的人世界裡，很難理解另一個人會有什麼理由放棄媲美彩券中獎的機會，選擇在一眼便能望到底的小小村子裡蹉跎。

愛。約莫是他勉強能拼湊的線索。

但為了愛並不算是個理由，至少對他來說還不夠分量，所以他話語中的不解顯得太過尖銳。我又一次想起前男友，他們實在太過相似，愛能夠是個理由，卻無法動搖他們的意志。

我抬起眼，冷冷地望進他深邃的眼眸，有一瞬間我幾乎分不清，我即將說出口的話語，是給他的回應，又或者是沒能對前男友說出口的心聲。

「我的家鄉是很好的地方，凱文也是很好的人，也許你不能理解，這沒有什麼，畢竟沒有一個人能完全理解另一個人，但是，一個人也沒有資格用高高在上的態度評論另一個人的選擇。」

腳下的沙子正隱微地將我往更深的底下拖曳，我捏著掌心，知道自己能有更成熟的應對，內心的憤怒與失落卻以超乎我負荷的速度膨脹，我有些害怕，害怕這些憤怒與失落其實來自於我對周景程的期待。一種我不該有的期待。

於是我依循著本能，轉身想逃離這片只有我和他的海。

他卻拉住我的手。

沒有解釋，沒有被冒犯的不滿，平靜而淡然地對我說：「我送妳回去。」

「我讓凱文載我回去。」我不該擺出如刺蝟一般的姿態，卻沒有餘力以其他姿態護住自己柔軟脆弱的肚腹，只能拋擲出壓抑的嗓音。「他知道我想去的地方在哪裡。」

※　※　※

「我好想跳海。」
「不要想，直接去跳。」
「妳是不是看我不順眼很久了？」
「蘇靜儀，妳終於發現了，可喜可賀。」
幽幽地嘆了口氣，我像一顆乾癟的氣球癱軟在床上，進行和周景程不歡而散之後的第五十一次後悔。
終於我不得不承認，周景程的存在，以及他所說出的每一個字，都格外輕易地挑動我過於敏感的神經和記憶。
「說真的，我也試過換位思考，但不管換到哪裡，用什麼姿勢，都理解不了妳腦袋裡在想什麼。沒有名氣的創作者，最需要的就是一個被看見的舞台，如果突然有人給我一個正經的拍攝工作，我連行李都不用收，就算要毀掉所有婚禮攝影合約，也會立刻衝到臺北去。」雨馨非常認真地盯著我，她的聲音在狹窄的房間裡顯得異常響亮。「妳不想實現自己的夢想嗎？」

我當然想。

任何一刻我都沒有放棄過。所以我始終握著筆，畫著一張又一張的畫，成天應付難搞的委託，隱微地盼望自己的作品能打動更多人心。

只是——

「我既然決定回來了，至少現在不想再去臺北。」

「一個人是不是自願留在某個地方，是一眼就能看出來的事，不管是妳，還是我，都只是逃回最安全的老家避難而已。我也想過，如果我能像凱文一樣，愉快坦然地落地生根會不會是更好的選擇，可是我做不到，總有一天我還是會離開這裡，去更遠、更遼闊的地方闖一圈。」

迴避她堅定的眼眸，我悶悶地將腦袋埋進枕頭裡，面對充滿事業心的雨馨，我根本說不出自己狼狽回鄉的真正理由是一場慘痛的戀愛，只能胡亂以工作不順來搪塞。

大概她一開始就看穿了。

我們都以為自己偽裝得天衣無縫，到最後才明白，那不過是其他人給的一份溫柔。

她說：一個人不能長久地迴避自己的真心，終究會有一天，不斷陷落的沙會掩埋一切，到最後，只會剩下一片荒蕪。

沉默幾乎要在海裡開出一朵花，我才醞釀出一絲離開海的力氣。

「他們太像了。」

「誰？」

扯著枕頭，我不大情願地延續對話。「周景程跟我前男友。」

記憶一旦被撕開了裂口，不斷擠壓著我柔軟肚腹的一切便有如潰堤一般洩出，我的語速很慢，急性子的雨馨卻格外耐心地聆聽。

其實是個無聊的故事。

從大學生轉換身分成為知名外企職場新鮮人的我，理所當然地迎來一陣殘酷的洗禮，獨自在臺北生活的我沒有任何傾訴或者依靠的對象，最好的朋友捎來再多的關心卻終究在遠方。

那些日子我總是忍著眼淚。想著，再努力一點、只要再努力一點，就能更靠近我的夢想，一次次的否決退稿卻讓我的夢想產生裂痕。

終於，在某一次例會被主管公開批評退件之後，我忍不住躲在樓梯間偷偷抹淚，於是他出現了，遞給我一罐溫熱的咖啡。我從來不喝咖啡，但咖啡的熱度卻滲進我心底，填補了我最亟需的那一個缺口。

一切彷彿自然而然，我和他從禮貌地點頭，到隱晦地交換笑容，很快便頻繁地見面。他是隔壁部門的前輩，夾帶著知性溫柔的風而來，藏匿在笑容底下的卻是誰也動搖不了的野心。

他有想走的路，明確而無所畏懼，身旁的人似乎都不自覺地朝他所想要的方向邁去。某種不安漸漸在我體內萌芽，他總是輕易地替我做出決定，他說，那是最好的選擇，一個又一個「最好的」被堆疊在我面前，他卻不在乎我想要的是什麼。

我的夢想被他定義成一種無謂，但我不想放棄，甚至在公司A級項目的比稿與小眾插畫比賽之間選擇了追逐夢想；我興奮地帶回了一張小小的獎狀，迎上的卻是一雙冷漠失望的眼。

後來我才明白，是我偏離了他的道路，我放棄了最好的選項。於是他放棄了我。

他沒有提分手，彼此卻自然而然地回到陌路，這樣也好，公司裡本來也沒人知曉兩個人的曾經。

沒想到，我的生活卻在某天突如其來地爆炸，流言鋪天蓋地襲來，他是公司最有前途的菁英階層，而我不過是在底層打滾的新進職員，「真相」一目了然，是我妄圖以潛規則獲取機會，那些我熬了一夜又一夜才得到認可的企劃與設計稿，都成了能被隨意踐踏的東西。

沒事的。總有一天能證明我的清白。我一次又一次逼自己堅強，不想被荒謬的惡意擊潰，拚命想撥開迷霧，卻驚愕地發現盡頭擺放的真相太過不堪而殘酷。

——是他。

無法符合他期望的我成了他人生的汙點，於是他想抹去我的存在，他是愛我的，誰都不曾質疑過這一點，可惜愛並不能成為一種理由。

我撐過了工作壓力，挺過了流言惡意，卻在曾經愛過的男人眼底輸得一敗塗地，狼狽逃離留有關於兩個人愛的一切的城市。

「周景程跟他太像了……不是外表，是那種、類似氣場或者氛圍的東西，不知道為什麼就是會讓我陷入那些回憶裡……」

「PTSD 吧。」

「大概。我不知道。跟他沒有關係，但又是因為他才……」

每個人都像岸邊的蝸牛，背上巨大的殼裡裝載著過往的回憶，殼是我們，卻也不完全是我們。有時候殼的重量壓得我們寸步難行，有的時候卻又慶幸著有殼能供人躲藏。

忽然，我落入一個溫暖的懷抱之中，雨馨輕輕拍著我的背，她的手彷彿在狹小房間裡揚起沁涼的風。

「妳還是去跳個海吧，我幫妳拍幾張有誠意的照片，周景程應該沒那麼小氣。」

「妳到底——」

「我希望妳不要後悔。」

※　※　※

自己闖的禍就得自己把洞補平。

像隻抓不住線頭的布偶貓，我在房間裡不斷繞著圈，拚命組織出一個適合的開場白，用以解釋那日我如驟雨一般的怒氣，又盡可能地掩飾烏雲底下藏匿的私人記憶。

我想鋪排好場景和對話，但人生從來走在預期之外，輕快的手機鈴聲響起，打斷了我第十一個道歉版本的建構，是凱文。

「作為妳的結婚對象一號，雨馨都跟我說了，我一定會幫妳好好跟那個姓周的聊聊，再狠狠教訓那傢伙。」

「什麼？」

先不管結婚對象一號究竟是哪裡來的清單，我的交友圈「姓周的」恰巧只有一個。是我，是我輕忽大意了，當一件事情裡同時有了雨馨和凱文的攪動，所有發展便會歪斜成荒謬又不可控制的模樣。

「不管雨馨跟你說什麼，都是誤會，你現在在哪？」

「剛上交流道。」凱文堅決篤定的聲音從另一端傳來，「有我在，妳不用擔心。」

有你在我才擔心！

我拚命勸阻，但每一個字似乎都被傳送的電波扭曲成另一種意涵，凱文讓我別怕，卻不明白此時此刻我最害怕的就是他。

沒有猶豫的時間了，甚至我也沒有餘力去釐清雨馨到底傳了什麼話，匆匆抓了鑰匙錢包，跳上機車，讓時速指針飆到從未到過的區域，一路朝轉運站飆去。

搭上北上的客運，被迫急速運轉的腦袋與身體終於緩了下來，凱文必定會在我之前抵達，這是改變不了的事實，我忍不住撞了幾下冰涼的玻璃窗，最後傳了一則訊息。

——等我，我要親眼看他被修理。

再多的忐忑遲疑都沒用，很多時候就是這樣，現實逼得我們不得不立刻採取行動。

於是我撥通了周景程的電話，隔了三天又聽見他那道冷靜得彷彿誰都無法動搖他的嗓音。

「有什麼事嗎？」

「狀況有點複雜，凱文好像誤會了我跟你之間的事，所以跑去臺北找你，我已經在客運上了，會想辦法阻止他……對不起，帶給你這種麻煩……」

「誤會？我跟妳之間的事？」

「呃、總之就是他可能聽錯什麼了——」

我蒼白的解釋才剛開頭，就聽見周景程的低笑，準備要說的話卡在喉頭，一抹困惑纏上我的思緒，幾個呼吸之後終於自我說服，確實，這一切荒誕得足以令人發笑。

沒想到，周景程狀若無意的一句話，又將我好不容易拼湊的自我說服徹底瓦解。

「也許不是誤會。」

「什麼？」

「我該去開會了，妳的稿下星期記得交。」

我突然不想阻止凱文了。

拋下引人遐想的回話之後，下一秒又甩來一個名為現實的巴掌，殘酷得令人髮指。

把手機扔回提袋裡，截稿是下星期的我該面對的事，跟現在的我沒有任何關係，我非常輕易地將截稿日揉成紙團扔往窗外；我閉上雙眼想養精蓄銳，黑暗之中，周景程的身影卻遲遲無法消散。

——也許不是誤會。

他的聲音一點一點滲進我體內的孔洞，以一種超出我控制的方式。

誤會。我又想了一次，隨後又逼自己不要去想。

被困在客運窄小椅子中的我，既無法弄清凱文的誤會，也想不透周景程的誤會，也許，人和人之間便是像這樣纏繞起一條又一條難解而複雜的絲線。

越想清楚地保持距離，卻越糾結難解。

※　※　※

時間終究會讓我們追趕上另一個人的背影，卻又看見對方轉身之後的那張臉，脫離了自己的想像。

死命趕到周景程公司的我，撞見的卻是兩個男人有說有笑地喝著咖啡。

我不懂。

不懂咖啡。不懂男人。也不懂前方十公尺外的畫面。

「很快嘛蘇靜儀。」

「你跟林雨馨又想做什麼？」

「推妳一把，讓妳停滯的時間稍微加快一點速度。」凱文抬手做出輕推的動作，唇邊勾起輕佻的笑容，他說。「林雨馨幫妳收了三天份的行李，飯店我已經訂好了，星期天我們再帶妳去她朋友的合租公寓。」

「我——」

「妳還沒下定決心，我知道，所以我來幫妳走後門啊！景程哥剛剛答應了，專屬合約先不提，他再多給妳一個項目，當作試水溫，給妳時間慢慢想，就算妳最後拒絕，履歷上也能多個作品。」

「……景程哥？」

「岳文哥的合夥人當然也是我哥，妳以後記得也喊哥。我們有人脈，就要用，嗯？」

我需要一點時間。

扔在面前的線頭太多了，我甚至不確定要先從哪條脈絡開始梳理，思緒轉了一輪，似乎也只能從最簡單的部分下手。

「所以，你跟林雨馨幫我談了新工作，收了行李，又安排好住處，是這樣嗎？」

「感動嗎？我接受以身相許喔。」

凱文總是隨口向我求婚，頻繁到連村子裡的長輩都掀不起八卦之心的程度，但此刻，我忽然有種微妙的心虛，眸光狀若無意地滑過周景程，卻被他逮個正著。

他似笑非笑地注視著我，眼尾卻彷彿藏匿著一絲不悅。應該是錯覺，我想，何況他開心與否其實也與我無關。

「試試，好嗎？」

「……好。」

「好啦，工作的事下星期你們再慢慢談。」凱文愉快地站起身，自然親暱地拉住我的手腕，他低頭望著我。「我們還有別的事要做。」

錯覺。一定是錯覺。

儘管周景程的嘴角掛著挑不出錯的弧度，我卻感受到一股糟糕的氣息，凱文卻渾然不覺，熱絡地請周景程好好關照我。

「你先去開車，我有點話要跟周先生說。」

「好喔。」

凱文非常俐落地向周景程告別，方才的歡快與詭譎隨著他的遠去漸漸消散，另一股不自在又飄蕩而來。我安靜地進行幾次深呼吸，腦中搜尋著事先模擬的各種版本，卻都顯得太過矯揉造作。

最後只剩一句——

「對不起，我不應該把個人的情緒轉嫁到你身上。」

「我沒有放在心上，不如說，那天的妳讓人感覺比較親近。」他頓了一下，瞥了眼彼此之間的距離。「有時候人離得很近，卻其實很遠。剛剛不是說喊我景程哥嗎？」

「凱文跟我的人生觀不太一樣，工作跟私事我還是想分清楚一點。」

忽然他看了一眼腕錶，輕笑出聲。

「五點三十七分，已經是下班時間，聽妳的，不談公事。」

※　※　※

周景程跟我之間有任何值得談的私事嗎？

我不確定，畢竟人與人之間對公私的定義不同，我和他也還沒熟到能討論界線的程度，但我很確定，從這一秒鐘開始，周景程那雙修長的腿切切實實地越界了。

「發現自己處於下班狀態」的周景程，非常輕巧地便讓天生缺乏人際邊界的凱文將他納入自己人的範疇，並熱情地邀他一起替我「出氣」。

「妳不是要親眼看見他被修理嗎？」

「……他？」

我的視線在凱文跟周景程之間瘋狂來回，原來我也早已陷入誤會的漩渦，凱文口中的「他」並不是我所以為的「他」，而我所以為的「他」，正跟著我們一起去見凱文口中的「他」。連敘述都一團混亂。

「妳前男友啊。」

「——什麼？」我驚愕地叫出聲來，視線飛快掃向車窗外，太過熟悉的街景如浪潮席捲而來，那些日子走過一次又一次的路，仍舊歷歷在目。「停車！不去，我不去！」

「我嚥不下這口氣。」

「都過去兩年了。」

「妳還會覺得難過就是沒有過去，不管是兩年或二十年都一樣，景程哥你說對不對？」

我求助地看向周景程，他輕輕頷首，卻潑出另一桶油。

「我有練幾年散打，應該能派得上用場。」

「暴力不能解決問題。真的。」

「但能解決前男友。」

無從反駁的我除了擺爛沒有其他選擇，甚至我做好了過往傷痕被攤放開來的預備，但誰也沒有提起，凱文只是興致勃勃地分享各種回敬渣男的計畫，而一無所知的周景程也一個字都不問。

我悄悄望向周景程的側臉，似乎有些什麼正輕輕敲擊著我的內心。

然而，現實時常不如我們所願，鮮少休假的前男友竟安排了假日，計畫落空的三個人停靠在按時計費的停車格裡，分與秒在這些場域顯得特別有存在感。

「接下來呢？」

兩個男人不約而同轉頭望向我。

不久前的武斷冒進恍若想像，我像個迷路的孩子一臉茫然，一早還在老家房間打滾的我，幾個小時候竟站在通往幽黑過往的岔路口。

大約是我的無措太過顯而易見，周景程放緩語調，以溫柔到不可思議的口吻給了我提示。

「我不清楚前因後果，只知道人偶爾會困在某個地方，單靠自己沒辦法離開，所以妳的朋友用力推了妳一把，不管他們的力道能讓妳走到多遠的地方，終究妳還是必須獨自做出決定。」

無論是專屬合約，或者要不要直面前男友，都必須由我做出選擇。

誰都沒有出聲催促，我卻聽見時間流逝的滴答聲，一滴一滴，在我的房間裡滴成一片海，我逃回了能接納我的故鄉，卻沒有逃離過去，仍舊一吋一吋沉入記憶的深海。

人總是得做出選擇。逃離。前進。扔棄。面對。我們必須揮動雙手，踢出雙腳，才能游出這片海。

相隔七百多天，我終於記起了自己其實是個會游泳的人。

「我知道他在哪。」

半個小時後，我們在前男友常去的健身房門口堵住他。

沒有任何寒暄與開場白，兩個男人挽起袖子，非常默契地在前男友的左臉和右臉落下重重一擊。

我們講好了，不傷人，只打臉。

而我旋開礦泉水瓶，將困住我的海與過往悉數淋往他的身上。

「健身房的人來了。」

「快跑。」

忽然，周景程和凱文各自拉住我的左手和右手快步奔離犯案現場，明明在城市的最中央，明明沒有風，我卻彷彿聞到海的味道。
海水從我臉龐滑落。風乾。
我想，那些疼痛的日子一定也會慢慢地被風乾。而後飄散。

※　※　※

重新在臺北生活比我預想的更簡單，合租的室友像簽訂互不侵犯彼此生活的小島，有明確的水域和界線，連最麻煩的公共區域打掃問題，都化成簡單的帳單數字分配，一切疑難雜症都有家政阿姨解決。
海離得很遠，把窗推到最開也不會吹進海風，周景程傳給我浪潮聲的音檔，說是創作參考，卻不掩飾他在工作領域外對我的關心。
有些什麼正悄悄變質。
閒下來的零碎時間裡我總忍不住想起他，反覆揣想究竟是從哪一瞬間產生了質變，也許是他說在我的畫中看見了光，又也許是他挽起袖子替我揮出了一拳，有太多事情找不到答案，卻又有一些事終究得給出一個答案。
「岳文哥說你也在海邊長大。」

「大概生活到高中吧，但我對那裡沒有多好的記憶，很難體會像你們那樣對家鄉的寄託。」

「我是不是開了一個不太適合的話題？」

「無論好或者不好，人都需要更多的了解。」周景程端詳著我的畫稿，露出思考的神情，也許是因為畫，又也許是因為話。「對我來說，過去就只是曾經發生的事，會成為經驗，會成為記憶，卻沒必要後悔；所有的後悔都是浪費時間，人在後悔的當下也錯過了當下，除了帶來更多的後悔之外沒有其他用處，不如把那些力氣用來追逐自己的目標。」

堅決而果斷。

我總是羨慕周景程這類人的強韌篤定，卻又害怕存放在他們心中的難以被動搖的意志。

「這一稿先保留吧。」

「……嗯。」

「構圖跟繪畫技巧變得很精準，套用進產品沒有太大問題，算是達標的作品，所以妳也不用急著再交一版。」他給了我一個安撫的笑，卻從來不會放寬審稿的標準。「花一點時間慢慢思考，怎麼讓妳的作品裡有更多的光。」

光。

※　　※　　※

我盯著公園的鵝黃色路燈想著光，飛蛾不死心地撞擊著玻璃燈罩，想撲火卻沒有火，而我凝望著光卻找不到光。

長椅上散落著一疊厚厚的畫稿，光亮彷彿沉默在鉛色的雜亂線條底下，周景程讓我不要急，我卻無法在城市裡找回平靜與安寧。

新案子與海沒有一絲關聯，我也不可能一輩子將作品侷限在相同的主題，在某些層面上，或許這才是我邁向夢想的第一步；然而我越拚命想要追逐，越迷茫困惑，我並不比那些飛蛾好到哪裡去，我怕自己也永遠撞不破那層玻璃燈罩。

——或許我不該來。

晦澀的低語越發頻繁地在我耳畔響起。比起做出正確的選擇，人時常會挑錯選項，想要的與能要的，始終是人生中最大的拉扯。

不僅僅是畫。

也關於周景程。

我拿起草稿一張張翻看，那些線條逐漸纏繞成一座漩渦，將我扯進無光的深海，我忍不住撕毀草稿，圖紙撕裂的聲音能短暫使我找回理智，卻沒有太大作用。

「蘇靜儀。」

一隻熱燙的手握住我的掌心，制止我繼續撕毀草稿，我緩慢抬起頭，周景程無表情地站在我的面前，眸光中卻閃爍心疼。

他輕輕嘆息，另一隻手落在我的頭上，一道堅定而溫柔的力量切實地傳遞進我的體內，垂落的視線看見畫紙暈染出一大片海。

靠在他的腰側，擠壓在我心中的巨大壓力終於噴發而出。

「妳已經做得很好了。」

「但是我找不到你要的光。」

「我要的光並不重要，蘇靜儀，妳要找的是妳想要的光，這需要時間。」

眼淚安靜地流淌，我掌握不了時間，掌心卻急切地想抓住一些什麼，於是我只能扯住他的衣襬，緩慢地讓自己的心落地。

我終於尋回冷靜，卻不敢抬頭，不想他記住我狼狽的模樣，也捨不得鬆開他的衣襬與溫度。

「……你怎麼知道我在公園？」

「妳最近狀態不太好，剛才我打了幾通電話妳沒接，我有點擔心就繞過來看看，剛好看見妳在這裡。」

「才沒有那麼多剛好。」

頻繁的往來讓我窺見周景程更多的模樣，隱約瞥見他在果決直進背後的柔軟，那些看似輕易的成功，實則不過是他認為沒必要將結果之外的事物擺上桌；他輕描淡寫地對我說剛好，但真正的剛好卻是當我將額際貼放上他的腰側，感受到他在跑動之後的熱氣與薄汗。

「天氣預報說星期日很適合外出踏青，我剛好有空，妳也有一樣的剛好嗎？」

「周景程。」

「嗯？」

「謝謝你。」

「我也只是剛好來了。」

周景程的手依舊輕輕安撫著我，他的聲音很輕，卻異常清晰。我沒有接話，然而我比誰都更加清楚，大多時候的我們，最需要的也不過是一份剛好你來了。

※　※　※

周景程和我開始頻繁地在休假日見面。

儘管張著采風的旗幟，我卻清楚這意味著什麼，一步一步放寬對他的警戒線，公私分明的決心像一個笑話，彷彿彰顯著我從來就不是一個意志堅定的人。

「那又怎麼樣？周景程就是一個很好的人啊。」

「但是——」

「跟妳前男友的類型太像？」視訊另一端的雨馨一邊咬著小魚乾，漫不經心地笑了。「妳有沒有想過，可能是妳的喜好問題。」

「就算是我的偏好問題，我也不想重蹈覆轍。」

周景程像一塊精緻美味的蛋糕，散發著香甜的氣味，即使隔著一段距離，也會讓人不由自主地趨近，伸手，甚至想擁有；我們迫不及待推開玻璃櫃的門，卻又感到質疑——這是我能負擔得起的蛋糕嗎？我能消耗預期之外的熱量嗎？又或者這塊蛋糕會不會華而不實，令人難以下嚥？

人總是從經驗來進行下一次的選擇，而我太過不恰巧地買過一塊難以消化的同款蛋糕。

我總是陷入相似的拉扯，我想要的，以及我能要的。

「反正你們也沒說破，曖昧期拉長一點更開心，這波下來妳也不虧。」忽然她湊近螢幕，朝我眨了眨眼。「你們進展到哪裡了？」

「呵呵。」

「什麼意思？」

我終究沒給出什麼「像樣」的回答，那晚雨馨氣呼呼地結束視訊，單方面跟我冷戰八小時，用以代替晚安。

真要說起進展，大概是我和周景程之間又多了一個公私不分的約定——我用簡單的圖畫記錄下一天，在睡前傳到與他共享的雲端資料夾，而他則分享自己的見聞，像最親密的交換日記，我們難以避免地向對方透露更多、更內裡的自我。

我打開雲端資料夾，確認了兩次編輯紀錄，周景程的更新停在前兩天，儘管這只是小事，我卻有點不安。

猶豫了很久我還是撥了電話，單調的鈴聲響了很久，讓人有種幾乎要落入世界末日的錯覺，末日的盡頭是一道女聲，疏離地告知我峽谷的另一端目前沒有回應。

整個下午我都定不下心。

回過神來，平板上的草稿居然是周景程的側臉，我不想留下太多的端倪，食指卻遲遲無法按下消除鍵。

最後我關掉平板，離開書桌，順手拿了條髮帶紮起頭髮，綁好的瞬間長髮卻又傾瀉而下。

棕色髮帶輕飄飄地落地。

不安的預感滲進我的呼吸，抓起手機我又撥了一次周景程的號碼，依然無人接聽。

下一刻，我轉身匆匆收拾外出的背包，視線滑過玻璃窗上的倒映，瞥見自己的眼睛，我欲蓋彌彰地告訴自己：「反正……我剛好也想去散個步……」

※　※　※

散步到周景程家樓下也是一種剛好。

我在出入管控嚴格的大門外來回踱步，這時候才無比清晰地意識到，自己並沒有取得通往周景程家的資格證。

「凱文應該會假裝外送混進去，雨馨……大概會演一場情侶吵架的戲。」我搖了搖頭，我做不來。「不然，假裝員工來送資料……某種意義上我也沒說謊……」

偷覷一眼正在核對住戶信件的管理員，我深吸一口氣，莫名其妙的衝動佔據我的腦袋，我低聲喃唸著雨馨從小洗腦我的咒語——

「不要思考，做就對了。不要思考，做就對了。不要思考，做就對了。」

「小姐，妳找人嗎？」

「對，我是17樓周先生的助理，來送資料給他。」

「妳打過電話給他了嗎？」

「他讓我直接上去。」

我乖巧地點頭，盡可能展現自己澄澈的眼神，但管理員連看都不看我，仍舊忙著核對住戶信件。

管理室的時鐘發出答答答的細微聲響，我臉上的笑容瀕臨破裂，在我準備偃旗息鼓之際，他終於放下筆。「我幫妳刷電梯磁卡。」

「謝謝。」

管理員替我按了17的按鈕，我盯著電梯門緩緩闔上後終於鬆了口氣，但隨著面板上的數字燈號不斷往上跳，另一份緊張又在我體內瘋長。

叮——

電梯抵達樓層的提示音嚇了我一大跳，我小心翼翼踏上走廊，盡可能不發出聲響地走到周景程家門口。

「我到底在幹麼？」

「真的混進來之後呢？」

「如果是我會覺得對方是變態吧？」

周景程很忙，隔個幾天沒給回覆也很正常，電話沒接也不是大事，髮帶用久了斷掉也沒什麼⋯⋯

我往後退了一步，轉身準備離開，邁開的步伐卻遲遲無法移動，我忽然想，自己會不會因為離開而感到後悔？又或者，按下門鈴的我會不會後悔？兩個選項，卻都藏著後悔的可能。

「來都來了！」

我抬起手快速地按下門鈴，心跳速度飆漲到魔幻的程度，也許他不在家，又也許在他開門前我還有逃進電梯的機會，但我卻一動也不動地站在門前，終究敵不過那抹不安。

至少要確認他沒事。

距離一步之遙的門終於被開啟，我第一次看見周景程臉上出現毫不掩飾的訝異，卻也第一次看見他憔悴蒼白的面容。

「妳怎麼來了？」

「你還好嗎？」

「有一點發燒，吃藥休息一兩天就好了。」

周景程邊說，邊領著我入內，整齊的客廳裡，唯一雜亂的是茶几上大量的工作資料，以及還亮著螢幕的電腦。

「這就是你說的休息？」

他避開我的眼神，也許生病使他顯得不那麼銳利，我卻看見他額際冒出的薄汗。「我倒茶給妳。」

拉住他的手，我踮起腳尖，在他疑惑的目光中將掌心貼上他的額頭，不容忽視的熱燙侵襲而來，他分明還沒退燒。

「你上次吃藥是什麼時候？」

「大概，昨天晚上。」

「有吃飯嗎？」

「吃了一點麵包。」

「大部分的時間都在工作？」

「有個標案快到截止日了……咳咳，我頭有點暈……」

呵，男人。

到了對自己不利的狀況，什麼招數都能拿出來，該檢討的是我，縱使一眼看穿他拙劣的演技，卻仍舊心軟。

我扶著他在沙發坐下，想起身替他拿取餐桌上的退燒藥，他卻拉住我的手，輕輕靠在我身側，我能感受到屬於他的溫度、氣味、重量和某些更隱匿的什麼。

「……我去幫你拿藥。」

「再給我一分鐘。」他的聲音有些啞，像沙漠裡缺水的旅人。「一個人的時候沒什麼感覺，妳來了之後我才發現，自己好像真的有點累。」

「累了就好好休息，工作也沒差那麼幾天。」

「但我有想到達的地方，有一定要實現的目標，從我離開家的那一天，我就沒有後退的餘地了。」

「不管怎麼樣，想要實現目標就要好好照顧自己。」

「嗯。」從他喉間發出的單音傳來難以忽視的震動，兩個人的呼吸聲與心跳聲交織錯落，幾乎分不清誰是誰的。「蘇靜儀，改天我們去看海吧。」

他說。聲音很緩很輕。

「從前我認為每一片海都差不多，無論風景是壯闊或是黯淡，都只是循環的洋流，這些日子我才慢慢理解，海始終是那樣的海，卻有人能讓記憶變得特別。」

※　※　※

曖昧的黏滯讓空氣變得稀薄，在周景程痊癒之後，他的一舉一動都掀起帶有侵略性的風，彷彿想將我捲入他的世界，踏上他的路途。

我聲稱在結案前想再交一版畫稿，需要閉關幾天，隨後便跳上客運返回老家，大口汲取滲著些許鹹味的海風，想替浮盪躁動的心找回一絲平靜。

「妳被景程哥踢了嗎？」

「不要提這個名字。」

「以後還有機會啦，我們有很多扇後門可以開。」凱文的安慰總是別樹一幟，他撞了撞我的肩膀。「不然也可以嫁給我。」

「我不想天天看到你。」

「蘇靜儀，妳戀愛談得少，我跟妳說，有時候就是太喜歡了，才會不想見到對方。」

我像被踩中尾巴一樣踢了他一腳，卻終究坐上他的機車後座，盯著那顆我看了二十多年的後腦勺，卻看不透裡面裝著什麼。

凱文很好懂，卻又跳脫得令人捉摸不透。例如他從小便堅定要在家鄉落地生根，外出求學只是為了帶回更多的養分，但他還年輕，還不到長出根的年紀，他身旁的每個同齡人都拚命往外走，他被貼上不思進取的標籤，而他從不反駁也未曾改變初衷。

「你從來沒想過離開這裡嗎？」

「沒有。」

「為什麼？」

「哪有什麼為什麼，每個人都有想去的地方，我只是比你們都更幸運，想去的地方剛好就在這裡，所以沒必要拚命去追逐。」他開心大笑，微長的髮飄在半空中。「我一出生就直達終點耶。」

「恭喜喔。」

「我前女友跟我說，重要的是我們要搞清楚自己真正想去的地方，雖然我幫林雨馨把妳扔去臺北，但是我還沒直接問過妳，那裡是妳想去的地方嗎？」

「如果不是呢？」

「我就把妳載回來啊。」

「凱文。」

「幹麼？」

「我好像有喜歡的人了。」

聲音還沒落地，機車猝不及防地急剎，我的頭狠狠撞上凱文的背。「你幹麼啦？」

「我、我還沒準備好。」

「你要準備什麼啦？」

「電影都這樣演，妳會先迂迴地說自己有喜歡的人，接下來會有這樣那樣的誤會，最後十分鐘再揭露其實妳喜歡的那個人就是我。」

我翻了個真情實意的白眼。

凱文瞇起眼，謹慎地審視我，最後得出了一個結論。「冬天不好辦戶外婚禮，夏天好了。」

「放心，不會有婚禮，也不會有你。」

※　※　※

凱文辦了一個小小的派對，大概是慶祝新的月份開始，任何理由都無所謂，他只是想和喜歡的人聚在一起。

派對很簡單，有他親手調製的飲料，和雨馨網購的冷凍披薩，路過的親戚長輩也貢獻了一些醬菜和小魚乾，一切都很自然協調，如果不去看右前方那個正在泡咖啡的男人的話。

「為什麼周景程會在這裡？」

「景程哥說他有一支很棒的豆子，剛好有空就拿下來給我了，他人超好耶，等一下我幫妳求情，讓他再給妳一次機會。」

「你敢去我就跟你絕交。」

剛好有空。

周景程瞥了我一眼，唇畔帶著淺淺的微笑，忙得連高燒不退都不能休息的男人，怎麼可能有剛好的空閒。

「妳不喝咖啡，幫妳倒了氣泡水。」

同樣的場景，送來氣泡水的人卻換成他，我忽然想起那是他的第二選項，一開始他想喝的是我無法提供的手沖咖啡。

「為什麼來了？」

「想見妳，也怕妳不回去。」

「我只是回來轉換一下心情。」我飛快補充，簡直像欲蓋彌彰。「為了畫稿。」

他沒有追究，卻直直盯著我看了一分鐘，大概吧，至少我在心裡數了十幾個八拍，周景程收斂起侵略性十足的凝望。

「凱文說要去海邊放煙火。」

「……好。」

於是我們提著一袋巷口雜貨店賣的煙火和仙女棒前往海灘，煙火有點受潮，畢竟是過年沒賣完的存貨，火光比預期黯淡很多，在漆黑的海邊卻依然燦爛無比。

凱文被雨馨逼著雙手拿仙女棒轉圈，她用相機捕捉滑稽的瞬間，幼稚，無謂，卻美好。

「你們感情很好。」

「嗯，凱文跟雨馨像我的光。」

周景程說在畫裡看見我所描繪的光，於是我想方設法地找尋，害怕那其實只是稍縱即逝的光亮，也擔心在存滿我的拉扯與掙扎之前再也投射不出內心的光，然而這一剎那我忽然懂了，映現在我生命中的光，是陪伴我的這些人。

「有一天我也能成為妳的光嗎？」

緩慢地我旋身望向身側的男人，他的眼眸似乎正等著我的轉身，兩個人之間的曖昧被猛烈劃破，我才知道原來包裹在曖昧之中的顏色更加濃烈。

不遠處的凱文又點燃一盒煙火，色彩斑斕的光落在周景程好看的側臉，虛幻和真實交融在浪的聲音裡。

他說。用著格外堅定的語調。

「蘇靜儀，我非常喜歡妳。」

※　※　※

我的心靜不下來。

也許是解了心中的一個困惑，閉塞許久的靈感瞬間爆發，我關在房間裡畫畫，同時也擋起周景程的趨近；可惜的是，我的房門阻止不了雨馨的闖入。

「不要在我畫畫的時候盯著我看。」

「妳不要看我就不會看見我在看妳。」

像繞口令一樣。她和凱文看似同樣的橫衝直撞，卻懷抱著截然不同的生存邏輯，她喜歡繞著圈圈一點一點縮短距離，一下子就得到答案太無聊了。

所以她趴在桌前整整盯了我一個小時。

「想問什麼就問。」

「我只聽妳想主動分享的部分。」

一個字我都不想分享。

不久前我剛提了前男友的往事，沒幾天我不只被打包扔往臺北，還站在久違的渣男面前，誰知道我拋出周景程名字之後，會不會被綁進婚禮現場。

然而她有的是時間跟我耗。

「這一版稿子交出去之後，案子就結束了，我必須給周景程一個回覆。我喜歡這些工作，但我不確定自己能不能再一次生活在都市裡，也怕簽了專屬合約之後我就沒有空餘畫我想畫的東西……」

我又再度站在分岔點。

人生總是不斷地進行選擇，面臨拉扯，接著又再次選擇，循環往復，每個人都想要走向最正確的方向，但誰也無法確認對錯。

「這我幫不上忙。」她思索了幾秒鐘，眼睛忽然一亮，大概是找到適切的詞彙。「就跟我可以逼妳去相親，但不能強迫妳結婚一樣。工作的事總會有結果，但感情的事情就不一定了，我比較想討論那部分。」

「……我需要專心。」

「那我去陪周景程聊個天。」

毫無技術含量但非常有用的威脅，放下畫筆我無奈地瞪了她一眼，想提起周景程突如其來的告白，話到了唇邊卻又化作另一行字句。

「我不知道要不要接受一份感情，他們太像了，我好像又走上周景程期盼的路，我很怕重蹈覆轍，我不知道去愛一個人竟然會變成一件令人恐懼的事。」

「因為妳還是渴望去愛一個人，才會這麼拉扯吧。」她戳了戳我的臉頰，語氣是不尋常的溫柔。「要不要去愛，唯一能決定的人只有妳，迴避再一次受傷的可能性，是很正常的事，雖然我幫不上忙，但陷入糾結的時候我都會問自己，受傷或者後悔，我更不想要哪一邊。」

※　※　※

輕緩的浪潮聲迴盪在耳邊，他仔細端詳我最新一版的畫稿，我卻忍不住凝望著他的側臉。

「這一版的設計很鮮明，」周景程的視線精準地鎖定我，有一瞬間我分不清他指涉的是畫稿，又或者是、關於我。「我很喜歡。」

「這個項目完成之後，我就會搬回老家了。」

「是嘛。」

周景程停下腳步，深邃而幽黑的眼眸認真地凝視著我，他總是將情緒藏匿得很好，若非我極其專注地看著他，幾乎要錯過他眼尾閃過了一抹失望。

失望。也許是因為我的選擇偏離了他所想要的。

我又想起那一天前男友冷漠而失望的神情。

但他是周景程，不是任何的其他人，我不能將前男友的影子覆蓋在他身上，至少我想抓住更多的可能。

「我的選擇讓你很失望嗎？」

「只要是妳做出的決定，任何人的想法都不應該成為阻礙。」

「也許是這樣，但我沒有那麼堅強，我不想孤單地走在只有一個人的路上，所以我在乎，在乎那些對我而言很重要的人。」

「所以妳想留在家鄉。」他斂下眼，輕輕點頭，隔了幾秒鐘才給了我一個淺笑。「我明白了。妳說要看海，能再多給我十分鐘嗎？」

他明白什麼了？

多十分鐘是在消化即將到來的告別嗎？

沉默再度在兩人之間蔓延，我和他之間隔著一個跨步的距離，浪潮聲一波又一波，在我踢到一根漂流木，下意識痛呼出聲的瞬間，我的腦袋也閃過了一點電光。

「先檢查有沒有受傷。」

「沒事，但可能要坐一下。」

周景程動作輕緩地扶我在海灘落坐，我感覺自己像一根被呵護珍視的羽毛，在那樣的動作裡，我忽然離他非常靠近，彼此的呼吸與體溫捲帶起一陣風。

「我想留在老家是因為喜歡這裡，也適合這裡，臺北的節奏跟我體內的節奏太不一致了。拒絕你提供的專屬合約，是因為我想有更多的時間畫自己的作品，雖然很貪心，但如果你們公司還有其他需要插畫家的工作，我也是會想辦法比稿。」我刻意讓語氣輕鬆幽默一些，提醒自己別一不小心就跌進他的凝望之中。「誰叫每個人都一直提醒我，我有岳文哥這個後門。」

我話說完了，他卻一臉「妳是不是還有內容沒補充」的甲方表情，思緒又轉了幾圈，終於察覺關鍵在哪。

「跟凱文沒有關係。我不喜歡他。」

「是嘛。」

他終於鬆手，在我右邊坐下，我覺得有點好笑，全世界都能看出我跟凱文沒有一絲火花，他卻非得要聽見肯定的答案不可。

「周景程。」

「我在這裡。」

「能遇見你是一件很好的事。」

周景程沒有說話，誰都沒有固執地追究這段話的意涵，卻都明白，當我拒絕留在臺北，其實便是一個答案。

然而，我卻不想讓一份難得的喜歡消逝在沉默的風裡。

「我有一個喜歡的人，他是一個很好的人，遇見他之後，我停滯的時間慢慢流動，也許沒辦法一起走在同一條路上，但我能肯定，他已經是我生命裡的一束光芒。」

「蘇靜儀。」

「嗯？」

「我很習慣一個人往前走，偶爾會有幾個人陪我走一段路，但人終究有自己要追尋的方向。」他說，卻沒有看我。「所以不要停下來，也不要猶豫，如果讓一份美好的喜歡在未來的某一天變成後悔的原罪，那就太可悲了。」

「好。」

我們都有各自想走的路。

這是我們的選擇。

※　※　※

我拎著大包小包，搬回老家的第一天，至親好友沒有一個人來迎接我，在我和婚禮客人之間，他們總是毫不猶豫。

忽然，雨馨風風火火地闖進我家，那短暫的零點三秒之中，我居然天真地以為自己在他們心中的分量稍微重了一點。

「蘇靜儀妳快來幫忙！」

「我東西才剛放下。」

「放下了就表示手空了，能做事了。」

她不由分說地拉著我手往外走，把我塞進副駕，我連安全帶都還沒繫好她就猛踩油門狂衝，我家到凱文家的民宿走路不用十分鐘，於是我還沒坐穩，就又被她強制帶下車。

「新人半小時後入場，已經有客人來了，妳先去巡一圈看布置有沒有問題，凱文拿妳的設計圖找朋友弄，結果對方拿一堆爛材料想矇混過關，被抓包之後還生氣罵凱文不夠意思。」她努了努下巴，示意我看向正在引導客人的凱文，他的神色明顯不大好。「知道妳要搬家就沒跟妳說，那傢伙居然抱頭大哭耶，說那個朋友以前多好多好，還幫過他這個那個……唉啊，反正就那樣。」

「我去檢查布置吧。」

「加快速度，還有其他——」

「雨馨姐！」打工的小真慌張地跑來，用力拋出一顆炸彈。「伴郎睡過頭，趕不上時間……新娘正在跟新郎大吵，還說讓閨密當伴娘是她們從小的約定……」

「停！我不在乎，重點是解決問題。」

「找個人頂替伴郎？」我巡視場地一圈，聲音有點弱。「……凱文？」

「他不行。」

「啊、他屬虎……」

「我再想想，小真妳先去問新郎，來的客人有沒有沒結婚的親友——」雨馨的指令一頓，焦急的神情瞬間亮起，她揚起燦爛的笑容，對我眨了眨眼。「蘇靜儀，妳去說服他當伴郎，反正他上次也當過。」

順著她的視線我轉身，迎上一道完全不在預期內的頎長身影，男人對我揮了揮手，渾然不覺有兩個女人正對他心懷不軌。

周景程來得突然，卻解了婚禮的燃眉之急，新娘破涕為笑，甚至設法替伴娘要聯絡方式，全場唯一受到傷害的大概只有新郎，他被朋友放鳥、被老婆痛罵，又被一個陌生男人搶去全場風采。

「妳知道周景程跟新人提出什麼要求嗎?」雨馨湊近我身邊,在我耳邊低語,我輕晃腦袋,聽見她說:「他讓新娘用捧花砸妳。」

聞言我有一瞬間當機,不敢揣測他的深意,唯一確定的只有周景程的原話絕對跟雨馨說的不同。我忽然明白了,從小到大我跟凱文之間諸多「誤會」的形成機制。

還來不及反駁,下一刻新娘就以精準的弧度將捧花以無限趨近砸的力度扔向我,本該是新娘閨密的捧花,卻落在我懷裡,絢爛的花束讓我的掌心微微發燙。

我悄悄後退,試圖降低存在感,沒想到頹喪的凱文終究是瘋了,作為婚禮主持人的他竟脫稿演出,不顧他人眼光大步走到我的面前。

「蘇靜儀,我們結婚吧,妳拿到捧花就是一種暗示。」

「你在做什麼?」我壓低聲音,試圖喚回他的理智。「婚禮要往下一個流程了。」

「婚禮,對,我當然知道要往下一個流程走,我今年辦了太多場婚禮了,所以我爸昨天氣到揍我,說整天幫別人弄婚禮,我的婚禮在哪裡?嗚嗚嗚,我不想被揍了——」

「許凱文！」

四周賓客聞言爆出一片笑聲，我好想原地消失，深切反省自己一定是選錯搬家的日子，又或者在下客運的時候跨錯腳。

忽然一陣驚呼響起。

一道不容忽視的力量將我往後扯，我本能地抬頭，周景程的側臉撞進我的世界，他和凱文以眼神對峙，格格不入的大概只有一臉困惑的我。

「很抱歉，跟你結婚不在蘇靜儀的人生規劃裡。」

話音剛落，周景程旋即拉著我，毫不猶豫地將我帶離紛亂荒誕的婚禮現場，身後有大量的聲音，我卻什麼也聽不清。

※　※　※

「周景程！」

聽見我的叫喊他停下腳步，牽著我的手依舊沒有鬆開，此刻我內心充斥著大量的困惑，卻似乎不重要了。

於是我的問題又被嚥下，周景程卻主動給了回答。

「雖然妳說過不喜歡凱文，但就算妳只有千萬分之一的機率會答應他，我也不想冒險。」

「我——」

「蘇靜儀，妳在海邊說的那些話，我能理解成妳也喜歡我嗎？」

在周景程堅定的注視下，我緩慢點頭。

我將捧花遞給他，儘管我的心臟因為他而止不住劇烈跳動，可是我終究無法成為能追上他腳步的人。

「謝謝你，但我不應該收下這束捧花。」

「我問過林雨馨。」

「什麼？」

我有不好的預感。無論是什麼，透過雨馨就會產生微妙的質變，她像一張薄薄的紅色玻璃紙，看似沒有改變客觀的內容，卻讓另一個人的視野映入截然不同的模樣。

「她說了妳前男友的事，抱歉，我不應該打探妳的隱私，但是，我從來就不是一個能隨意放棄的人。」

「如果終究會分道揚鑣，不如讓喜歡停在最剛好的位置，人總要做出選擇，沒辦法全都要吧。」

「一開始我也是這樣想，長久以來我都習慣一個人往前走，偶爾身邊會有人陪我走一段路，或者試著改變我的前進方向，但我不會被動搖，分離成了必然的結果。但妳讓我看見了岔路。」

「岔路？」

「就算是不一樣的路，也能找到不同方式一起往前走，妳在尋找作品裡的光的同時，我也在尋找新的詮釋。妳給出答案的那一天，我終於明白了，每個人要走的路本來就都是不同的，就算是同樣的方向、同樣的走路姿勢，卻不會是同一條路，就像我跟妳的前男友也許很像，但我絕對不會是他，就連妳，蘇靜儀，妳也已經不是那時候的蘇靜儀了。」

他鬆開我的手，屬於他的熱燙卻深深烙上我的肌膚，周景程往後退了一步，拉開彼此之間的距離，下一刻，他朝我伸出手。

「人的選擇總是不同的，妳想讓喜歡停在最好的地方，我卻想找一個讓喜歡延續更久的可能，我不會給妳虛妄的承諾，也不能肯定我們能走到哪裡，但我想跟妳一起尋找一條路，一條能夠在下一個轉角還牽著對方的手的路。」

——我想跟妳一起尋找。

不是他的路，也不是我的路，而是我們的路。

凝望著他的真摯的雙眼，也許是我太後知後覺了，周景程竟然比我更早一步察覺我內心真正的恐懼，大概我也不怕冒險，卻怕這場冒險不屬於我。

而後，他給了我一個新的選擇。

我緩緩地將手擺進他的掌心，揚起明媚的笑容，眼角卻泛著淚光。

「周景程，我們一起往前走吧。」

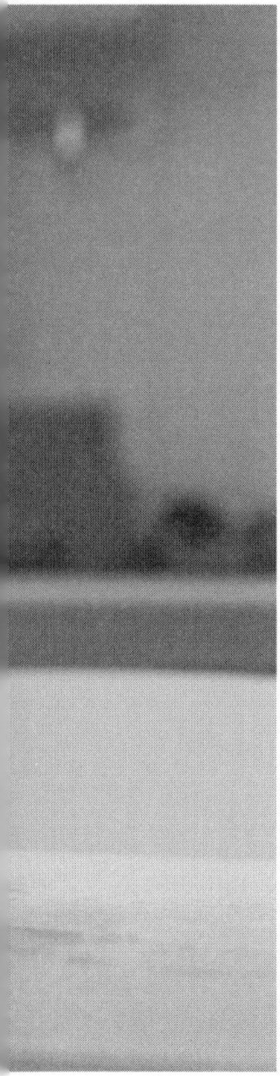

答案是你

／ 笭菁

雨聲淋漓，沖刷著大片玻璃模糊一片，幾乎失去理智的她隨著男人的律動而沉淪，為他忍不住呻吟，為他失去理智。

在共赴天堂之後，餘下的是繾綣的溫柔與饜足的笑意。

男人翻了個身，摟過她便是纏綿的吻。

完事後的這片刻是她最喜歡的，他總會戀戀不捨地吻她、把她緊緊摟在懷裡，巴不得揉進身體裡似的深情。

「滿意嗎？」他輕咬著她的唇，低沉渾濁的聲音，帶著萬般性感。

「我哪次不滿意了？」她主動回吻，男人既得意又滿足地將她再度壓回床上，唇舌交纏，情慾綿綿。

他們的身體無比契合，可以說從未遇過如此相合的對象，所以每一次的歡愛，彼此都能得到最大的滿足；交往八年，可以說每一次的爭吵，都是在床上和好的，因為誰也抵抗不了對方在床上的魅力。

「我先去洗。」他率先下床，他洗得快，向來如此。

看著那寬肩窄腰的健美身材，不管何時看都會令她心動，這麼多年他依舊保持健身的習慣，身材一點兒都沒走樣，也因為如此，她亦不希望自己在床上是一攤肥肉，努力維持一身薄肌。

他們其實不只是性事上合拍，其他如個性、喜好、價值觀都異常吻合，能在一起這麼多年，自然是有原因的。

她叫彭心璇，是間大企業的主管，這六年來兢兢業業，連續升職，目前已是經理職，也能算上女強人一個；她是個事業心很強的人，事業大於愛情，愛情只能是滋潤的配菜。

崔衍森也是。

他不但不介意她花在工作的時間比陪他多，甚至還會全力支持，無論她出差、加班，從未有過抱怨！甚至在她低潮時聽她抱怨，幫她出主意，或是哄她開心。

其實或許是因為他也很忙吧？他也是主管，加班的天數不比她少，應酬的頻率比她還高，很常醉醺醺地打給她報平安，表示在酒店附近的旅館住下了，讓她別擔心。

他們醉酒後都不會回到這個家，因為不喜歡給對方造成麻煩，能在外面睡一覺解決的事，就別打擾到對方了。

好友立美覺得他們這樣很扯，哪有情侶都同居了，還硬要表現出好的那面給對方？

事實上她不覺得這是表現出完美的一面，恰恰是因為相愛，所以不想讓對方為了照顧自己而睡不好而已！大家隔天都要工作，真的沒必要去拖累另一人。

幸好他也不覺得她的想法很怪，甚至與她有同感，默契就達成了。

諸如此類的默契非常多，所以她覺得跟衍森在一起，是最輕鬆的事。

只是……時移世易，有些事情還是會隨著歲月而改變的。

「要點外賣嗎？」

他裹著條浴巾走出，健壯的胸肌跟八塊肌看得人血脈賁張，她其實不介意再來一回合。

「太晚了，又沒什麼想吃的。」她聳聳肩，裸著身子逕自走進浴室裡。

其實她最近有點想吃檸檬塔了，城東有一間她的愛店，只是一直找不到時間去，明天……後天？她闔著眼任蓮蓬頭的水沖刷著，她現在無法對未來做太多打算，因為今晚，很多事情都會改變。

才走出浴室，他便過來索吻，輕啄兩下後，他摟著她的腰往客廳帶。

「我泡了無咖啡因的茶，來喝。」

「好，我擦個乳液。」她走進房間，在梳妝台前看著自己其實明豔的容貌，她現在還是好看的，但是……

女人的青春比男人短，這是不爭的事實。看著公司裡每年進來的新人，膠原蛋白豐厚，肌膚滑嫩有彈性，再對照著自己，她已經三十三了啊。

走出客廳，他正悠閒地躺在沙發上看著無聲電視，遙控器在手上轉著，看來還沒選定哪一台。

「啊，水果，我忘記拿了，麻煩妳。」在她要走近前，他先開了口。

她轉身朝廚房走去，這麼晚了她不好吃水果，太容易胖了！不過崔衍森喜歡吃，男人只要努力健個身，隨便都會瘦。

拉開冰箱門時，一個熟悉的紙盒擺在第一層，她當即就傻了。

檸檬塔。

她轉過身，沙發上的男人一臉得意驕傲，彷彿在說：瞧，我就知道妳喜歡。

「為什麼……你什麼時候買的？」她捧著盒子，又驚又喜地轉身。「不是，你怎麼突然會買？我這幾天剛好就想吃這個！」

「這幾天妳什麼甜點都不想碰，選個吃的猶豫半天，我想著差不多週期到了，檸檬塔該現身了。」他伸手往沙發上拍拍，她蹦蹦跳跳地走了過去，俏皮地一屁股坐上沙發。

男人二話不說展開親吻攻勢，從臉頰到頸項，啾得她咯咯發笑。

瞧心璇一臉幸福，他就是期待她那份驚喜、期待、雀躍的驚喜笑容。

定下神才發現，茶几上豈止花茶，盤子都已經準備好了，只見崔衍森用修長的手指取出檸檬塔，擱在瓷盤上，親手端給了她。

「幹什麼啦，煞有介事地！」她嘴上這麼說，卻掩不住笑容地接過。「謝謝！」

「不客氣。」

他為自己也拿了一個，然後彭心璇以最慵懶的姿勢躺在沙發上，依偎在他肩頭，一切是那麼的平靜，如此的幸福。

要開口嗎？她吃著酸V酸V的檸檬塔，內心卻在天人交戰。

這樣美好的日子不好嗎？她為什麼要去破壞它？他們明明這麼合，可以一輩子走下去的……一輩子？是嗎？如果她有這個自信，又何必掙扎？

凌晨一點多，他們關掉了電視，刷完牙走出浴室，看見的是在廚房裡洗碗盤的背影，幾個杯碟而已，崔衍森說要順手洗起來，看著那誘人的上半身，她真的萬分捨不得。

「好了。」將手擦乾的男人，轉了過來。「有什麼事，說吧。」

「咦？」彭心璇愣了住，什麼？

她下意識迴避他的眼神。

崔衍森有張高冷又成熟的臉。五官深刻，自帶清冷氣質，隨著年紀增長與歷練豐厚，沉穩的氣質伴隨而出，甚至還自帶了股威嚴。

他若不笑時，那雙眼像是能看穿一切……他也確實總能看穿一切。

「妳這幾天都心不在焉，連檸檬塔都無法解決的事，看來不小。」他果然早知道，「說吧！我洗耳恭聽。」

彭心璇緊張地握了握拳，做了個深呼吸。

「我三十三了。」她無奈地苦笑。

同時，眼前男人的笑容卻漸漸消失。他也做了個略淺的深呼吸，像是在思考著該怎麼開口。「心璇，我以為我們有共識的……」

「對，我知道，我們都是不婚主義者。」彭心璇有些緊張，緊張到聲音都有些顫抖了。「但我想法變了。」

崔衍森瞬間抬眼，他望著她的眼裡充滿疑惑，濃眉微蹙，彷彿她說了什麼令人匪夷所思的話語。

「我變了，崔衍森！」她再度重申，「我以前覺得結婚有什麼好的？遇見你之後我才明白，那是因為我沒有遇到對的人！只要遇到對的人，就會想跟他在一起……」

她看著眼前沉默的男人，有些心慌。「難道你不覺得嗎？跟我……」

「我們一直是對的人啊！但正因為是對的人，就更沒有結婚的必要了，不是嗎？」崔衍森依舊困惑不解，「我們明明說好不結婚的。」

不婚主義，是他們相識的契機。

她過去真的是非常堅定的不婚主義，她交男友、她有伴，也覺得只要相愛，相伴到老也無所謂，根本不需要那張紙，毫無意義。

崔衍森也是，他優秀俊帥，事業穩定，擁有一份人人稱羨的工作，而且溫柔體貼、家務一把罩，這樣好的男人身邊根本不缺女人，倒追他的人一大堆，但最後總是無疾而終，原因只有一個：他不婚。

他們的共同朋友是立美跟北晨，他們發現彼此有朋友總說著相同的理論，所以揪了個聚會，介紹他們認識；初次見面的瞬間，她就動心了！人家說一見鍾情就是見色起意，幸好崔衍森也是。

見面那天晚上他們誰也沒裝，她問他要不要去她家看貓後空翻，他欣然同意，即使她根本沒養貓。

從那一夜激情開展，走到現在，整整八年。

各方面的完美契合，包括最重要的理念，現在是她想變了。

「我想法變了，我知道自己很扯，但是……我發現有些豪言狂語的本錢是年輕！因為年輕，才可以天不怕地不怕！」她嘆口氣，「我突然發現我三十三歲了！我想要安定，我想要有個家。」

崔衍森看著她的表情，像是在說她不可理喻。

「這裡就是家啊！我們不是住在一起嗎？每天上班從這裡出發，下班疲憊後的唯一歸宿？」他頓了幾秒，下一句話得透過深呼吸才能出口。「跟我在一起時，哪怕有一瞬間，讓妳覺得不安定嗎？」

崔衍森字字鏗鏘，句句在理，她沒有一句話能反駁。

他們住在一起八年，沒有人在外還有另一間房子，這裡的確就是他們的家！房子是崔衍森的，但每件傢俱、碗盤、裝飾、牆上每張畫，甚至連櫃子上的花瓶都是他們一起選的！

這的確是他們一起設計、打造的家。

「你明知道我在說什麼！我想要結婚！我要那張證書、我要去登記、我想要一個身分。」彭心璇向來不是會大吼大叫的女人，她冷靜自持地隔著一個中島，與崔衍森面對面談判。

她沒說出口的還有一句，她想被稱為某某太太。

噢，這聽起來好父權喔！她其實是反對冠夫姓的，她更是個女權者，但至少要給她有機會說出：對不起，我姓彭，請不要叫我崔太太的機會啊！

這個社會是很可怕的，女性跟男性結婚後，即使不冠夫姓，也會被稱為某某太太，先失去自己的姓氏；生下孩子後更慘，你會變某某媽媽，好一點的是孩子的名字加上媽媽，但這時妳連自己的名字都沒了。

不會有人記得妳的本名，因為不再重要。

可是就是這種集體的氛圍，把一件壓迫的事轉成正常，甚至到了沒有被這樣稱呼，就不是這個男人的妻子、這個孩子的媽媽似的。

但男人這樣的問題小了些，就算他會被稱為某某孩子的爸爸，他也不會失去他的姓氏。

平時堅持女權的她，現在居然想要被稱為某某太太，好像這樣她才是人妻。

「妳是我愛的女人、我的女友、我的伴侶！」崔衍森說這幾個字時，已經有點無奈了。「妳為什麼突然變這樣?這不是妳!彭心璇!」

「你不了解我!不了解現在的我,人是會變的,崔衍森!」彭心璇忍不住拉高了分貝,「我沒有那麼多八年能蹉跎了!」

這瞬間,崔衍森的笑容盡數斂起,眼神裡帶著明顯的微慍,原本扣在流理台上的手指也下意識握緊。

糟!她說錯話了,彭心璇心頭一緊,他們平時吵架都是溝通為主,不該說傷人的話!

但她不是故意的,她說的是實話!她真的不能再蹉跎下去了!

「我們之間的八年,妳稱之為蹉跎?」良久,這句話從嘆息中而出。

「不要曲解我的意思。」彭心璇冷冷地回應,「我們在談事情,不是要吵架。」

崔衍森抽氣的聲音很明顯,他選擇轉身背對了她,逕自走到酒櫃旁,打開前幾天沒喝完的紅酒;搖著杯子時彭心璇沒出聲阻止,就代表她也要喝,他也非常懂的為她倒了杯,從中島另一端推了過來。

他們隔著中島,各自端起紅酒啜飲,這個中島是他們挑選很久的東西,甚至為了擺放它還打掉廚房,重新裝潢;中島可以當餐桌,可以當工作區,他們一起在這兒做過各種甜點、麵包、餐點，也招待過朋友，甚至在上面做過愛。

她沒想到的是，有一天它會見證他們之前的鴻溝，嗯，六十公分寬。

「我釐清一下，妳現在覺得那紙結婚證書很重要，非結婚不可？」他搖著杯中紅酒，「也想生孩子了嗎？」

「不，不想！孩子我是斷然不要的。」她一口拒絕，這點沒有更改過。「我愛自由。」

他們都是自由享樂者，沒有想要把人生放在另一個人的人生上。

呵，崔衍森喉間逸出了輕蔑的笑聲，斜睨著她。「彭心璇，親愛的，原則上結婚跟自由已經是反義詞了。」

「不全然，因為只要開始一段關係，就不會有真正的自由了！我們現在不也是？」她嘴角勾起一抹笑，「結婚或許會再剝奪一點，但還在我可以接受的範圍——如果是我們兩個在一起，那改變或許不會擴大。」

崔衍森的眼神再度冷了下來，她看得出，他與她沒有共鳴。

「結論，妳想怎樣？」

他凝視著她，沒有一絲眨眼，但那眸子裡沒有情意，而是滿滿的理智；為了尊重對方，彭心璇也放下酒杯，與他對望，不躲不閃。

「結婚，不然我們就分手。」
「妳是在威脅我。」
「我沒有，你可以選擇拒絕。」
她沒有移開過目光，堅定地望進他眼底，她必須讓他明白，她是認真的。
她在賭，賭他們兩人的愛是深刻的，賭愛的分量同樣重，所以或許為了這份愛、為了好不容易能在地球八十億人口中、遇見相契的靈魂，他會妥協。
崔衍森最終將杯中紅酒一飲而盡，轉身打開水龍頭，飛快地清理妥當，將杯子倒掛回杯架。
「我們都冷靜冷靜吧！」
他擠出一絲敷衍的笑容，走進了房間裡。
彭心璇緊緊握著高腳杯，她聽著裡面開關衣櫃的聲音，心跳越來越快，但表面繼續維持冷靜，直到聽見行李箱輪子的聲音時，她的心開始往下沉。
「早點睡。」
臨出門前，他如同以往的溫柔，只是臉上沒有笑意，就帶著簡單的行李離開了。
她站在中島這端，十一點鐘方向便是大門，看著他離開、聽著大門關上，自動門上鎖的聲音時，眼淚瞬間奪眶而出！

她賭輸了？

嗚……彭心璇再也站不住地滑坐在地，她得咬著自己的掌根，才能克制哭出來的聲音，壓下心臟彷彿要被撕開的痛！

好蠢！太蠢了！居然一下就跳到最壞的打算了！彭心璇！當妳要提出結婚時，就該想到會有這一步！

只是她太自負了！原來他們的愛，不一樣重！

※　※　※

來公司三年的女孩，臉上帶著甜蜜的笑容，將喜帖遞了出來。

彭心璇坐在辦公桌裡，看著她手上那刺眼的紅帖，覺得心窩彷彿同時被人扎了一刀。

「恭喜了。」她依舊克制有禮地給予祝福，「我一定會到。」

「謝謝主管！」女孩笑靨如花，幸福滿滿。「請您一定要來，我們的緣分都是因為您。」

「哦？」她有點訝異，她多什麼事啊？

「記得前年跟隔壁風控部合辦尾牙嗎？我們就是那時候認識的！」女孩用身體推了推身旁的男孩。

彭心璇仔細看著那個一進門就紅著張臉的男孩，突然意識到，那不就是風控部負責尾牙的人嗎？當時兩個水火不容的部門合辦時，簡直各種好戲開鑼，糾紛不斷，還曾經大吵到差點分開辦。

「你們不是……老死不相往來嗎？」彭心璇這下可想起來了，兩位主辦吵到得有人抓著才不至於扭打在一起。「現在要牽手走一生啊？」

「這是標準的不打不相識！」

門外逕自走進高大的男人，他正是風控部的主管，跟彭心璇平時關係不太好，也正是因為如此，去年那場尾牙才會辦得腥風血雨……誰會料到，居然間接促成了一對佳偶。

「呂經理。」彭心璇站了起身，人家部門老大來，她基本面子還是要給的。

「恭喜啊！」

「我才要恭喜妳咧，妳們小月成功把握住了我們部門最勤奮的小李。」呂義文大手拍在下屬肩上，「我可真捨不得。」

彭心璇直想翻白眼，「要不是他這麼努力，哪有可能追到我們部門優秀的小月？」

呃……新人頓時嗅到了火藥味，兩人悄悄使著眼色，又開始了又開始了！他們兩個部門的主管，水火不容到全公司都知道啊！

「那個——我們該出去工作了！」小李趕緊出聲，「請經理們到時一定要來！」

「對，請一定要來喝我們的喜酒。」

一邊說，兩個人同時後退，簡直是腳底抹油似的逃離了辦公室。

下屬一走，彭心璇也不想裝了，撤回營業用笑容，扭臀靠在辦公桌邊緣，重心都放在左臀上，倒呈現婀娜身姿；她拿起喜帖端詳著……這件事前幾個月就傳開了，小月都被同事戲稱為李太太了，或許這也是讓她煩躁的催化劑之一。

看得正入神，一雙眼突然闖進了他的視線——也太近了吧！

「哇！」彭心璇嚇到了，她向後仰去，卻差點失去重心！要不是呂義文眼明手快地抓住她的上臂，她可能就要踉蹌地摔在自己桌邊了。「……謝謝？」

「妳怎麼了？」呂義文湊得有點近，打量著她。「最近心情不好？」

「哎唷，您忘了啊，呂經理，我曾幾何時看見您心情會好？」對於呂義文的態度，彭心璇從未掩飾過。

誰叫他們兩個部門相愛相殺……成績好時可以說是一起奮鬥（但其實都會爭功），可一旦出了包，或是績效不好，就是拚了命地推給對方！在公司六年來，她揹的鍋沒少過。

「妳眼睛很紅，還有黑眼圈……哭過了。」呂義文一點兒面子都沒幫她留，有樣學樣地朝他自己眼眶四周畫圈。「在公司這麼久，我們吵最兇時都沒見妳哭過——噢！」

這句「噢」，令彭心璇沒來由地怒火中燒，怒火的原因裡夾帶了一絲被猜中的不悅。

「感謝關心，我要工作了。」

「你們吵架了！哇……哇哇哇哇！」呂義文用很誇張的感嘆口氣說道，然後移動腳步，在她桌前的椅子上坐下。

他坐下了？搞什麼啊？

「門口在那邊。」她指向九點鐘方向。

「我記得你們幾乎不吵架，都是溝通為主，而且恩愛非常，都在一起八年了！」呂義文蹺起二郎腿了，「只是兩個人剛好都是不婚主義，所以打算就這麼撐下去。」

她真的很想死。

彭心璇緊緊捏著下屬的喜帖，她後悔跟同事分享自己的情事，到底為什麼會傳到隔壁部門去。

「不勞您費心，我要工作了。」彭心璇瞇起眼，充分展現出不耐煩。「你可以滾了。」

「這太令我好奇了，這麼恩愛的人，怎麼會——」

「彭心璇！你們分手了！」

衝進來的立美帶著驚慌失措，還有彭心璇即將擁有的無地自容。

她望著好友，一時不知道是該先把呂義文趕出去，還是把立美推出去！她進來前不能先敲個門嗎！

天哪！彭心璇尷尬地別過頭，她是招誰惹誰啊？老天啊，她只是個突然想結婚的女人，為什麼要這麼對她？

難道分手不能是一個人獨自喝到死的黯然神傷嗎？有必要在早上十一點，大剌剌地在她辦公室上演給路人甲……仇敵甲看嗎？

「哇……噢，呂、呂經理，早啊！」立美總算看見了呂義文，冷汗涔涔，她已經知道自己犯了什麼蠢事了。「我沒注意你們在談公事，我……等等再來！」

「站住。」彭心璇叫住了她，「不必欲蓋彌彰了！妳進來他才可以滾。」

「真傷人。」呂義文一副受傷的模樣，不過還是站了起身。「不過我這人向來很識時務，兩位慢聊。」

他轉向立美，客氣地頷首。「張秘書。」

立美一朵笑嵌在嘴角，早已經凍住了，打招呼不是、不打招呼也不是，這兒跟呂義文笑著，眼尾卻感受到一點鐘方向，那如利刃的視線直射而來！

呂義文前腳邁出，她趕緊把門關上，這事真的不怪她……她平常做事是很謹慎的，不然怎麼能當董事長秘書呢？問題是心璇的習慣向來是一早到公司先喝兩口咖啡，聽完今天的大致簡報，接下來都是獨自處理工作的時間啊！

就是這時候，Right now，平時根本就沒人敢進來的——而且就算有人，為什麼會是呂義文？

「他為什麼會在妳辦公室？你們最近又有什麼事槓上了嗎？」立美飛快在腦海中搜尋最近所有公司內可能的紛爭或是檢討，都跟這兩個部門沒有關係啊！

彭心璇原本想說些什麼，但解釋起來太麻煩了，最終搖搖頭，拿起溫涼的咖啡喝了兩口……靠，今天的咖啡沖苦了！

「妳不是想問這個吧？」彭心璇無奈地嘆口氣，「我想結婚了，他不想，所以……」

立美呆在原地，足足傻了好幾秒，露出跟昨晚崔衍森同款的詭異神色，小心翼翼地來到她身邊，還非常貼心地拿手背貼在她額上。

嘖！她翻了個白眼，把立美的手打掉，夠了喔！

「妳是我此生遇過最堅定的不婚主義者之二。」

另一個當然是崔衍森。

「事實證明沒有什麼事是永恆的。」

「妳最近出什麼事嗎？摔到？頭腦撞到？還是妳家發生了什麼事沒跟我講？」立美已經開始腦補各種可能性了，「無緣無故的，妳為什麼突然會想要結婚了！」

無緣無故？彭心璇自己也想對這個問題再發問，真的有什麼事是無緣無故的嗎？

是因為年齡漸長？下屬與朋友間的喜事？還是突然想安定的心？那個共同的家未曾有過風雨，但她就希望能成為真正的家。

但是什麼賦予「真正的家」意義？真的只是一張結婚證書嗎？

老實說，她自己也不知道！此時此刻，她只是想結婚，而一旦她決定做什麼事，就會義無反顧地去做。

「這對崔衍森不公平。」立美的話言猶在耳，「什麼錯都沒犯，就被甩了。」

「他可以娶我。」

「妳這是威脅。」

唉……彭心璇站在空無一人的電梯裡，靠著牆長嘆一口氣，對於崔衍森的愧疚小於她的忿怒，她任性的忿怒來自於她認為：他該娶她。

他們這麼相愛，為什麼他不想娶她？

唉，她真的是個婊子。

空洞的雙眼逐漸聚焦，好不容易看著眼前敞開的電梯門正在狐疑，才意識到自己忘記選樓層了！電梯門因等待許久終於緩緩關上，她伸手按下了一樓。

此時電梯門陡然一顫，她愣了神，看著門再度打開，才意識到有人按著開門鈕趕了進來。

「彭經理。」

全公司她最不願意看見的人，大方地咧出一口白牙，走了進來。有的人礙眼到，連牙都反光得討人厭。

「真不幸。」她沒有給好臉色，往角落縮了縮。

其實呂義文在公司是很受歡迎的，長得好看啊！端正的五官甚至可以稱得上俊帥，戴著銀邊眼鏡，頗有種斯文敗類的風範……敗類是在她眼中啦！

他最好看的是那抹薄唇，淡橘粉色，過於好看的唇型，讓人總是有無盡遐想，想著咬上的話……噢，她絕對不是遐想者之一，因為比起那唇瓣，身為手控的她覺得崔衍森修長的手指更加撩撥人心。

「要不要喝一杯？」

彭心璇一時以為自己聽錯了，眼尾朝前方寬闊的背影瞄去，她第一次仔細瞧著呂義文，他的背有這麼寬嗎？

「你是覺得我……」

男人微側臉向後，性感的唇挑起一角。「我今天很不順，陪我喝一杯？」

彭心璇忍不住哼了一聲，這傢伙在給她台階下嗎？以前在會議上吵翻天時，總是拚了命地拆對方台階，原來他是會搭台階的人啊！

現在回到家裡，只怕也只有她一個人，平時一個人並不覺得怎樣，但那是因為知道，衍森早晚會回來。

但現在，或許等不回來了。

「我餓了，空腹不宜飲酒。」

「熱炒？還是串烤？」呂義文挑眉，「各付各的。」

「熱炒。」她再度揚起笑容，這傢伙也很了解她嘛！剛剛他只要開口說請客，她大概扭頭就走了。

他們兩個都沒車，所以一起叫了輛計程車前往熱炒店。生活在北市，開車上下班是在虐待自己，大眾運輸跟計程車方便得多，加起來都沒養一台車貴；有趣的是他們挑了同一家熱炒店，那間在公司這一區最有名。

看著他貼心地倒著十八天生啤進杯子，彭心璇有點訝異，因為她也愛喝。

「我以為你是金牌。」

「不不，我鍾情十八天。」倒畢，呂義文舉杯。「祝妳單身？」

彭心璇扯了嘴角，杯子碰了一下，她一飲而盡，再倒一杯。

「空腹不宜飲酒？」對面的人指了指尚未上菜的桌面。

她沒理，再灌下一杯才覺得舒服了點。對面的男人只是笑著，而且一整晚都盯著她，那笑容非常詭異，不是不懷好意、不是勝券在握，更不是包藏禍心……好，她有成見，因為在公司裡他就是這樣子的混帳啊！

沒利益糾葛時的他，那笑容還真和煦……好看。

熱騰騰的快炒上桌，都晚上八點了，他們兩個跟餓死鬼一樣的先吃飯再說話，不過與平時的劍拔弩張不同，彼此都很遵守用餐禮儀，沒人搶食，相反地呂義文居然在挑芹菜。

「你……不會也剛好不吃芹菜吧？」彭心璇狐疑地問。

「妳不是不吃嗎？」他頭也沒抬地，繼續夾掉細小的芹菜梗。

咦？

看著他細致的動作，彭心璇承認她對他有偏見，沒想到他會是這麼細心的人！全部門都知道她不吃芹菜，這不是什麼新聞……或許，他也是從旁人那知道的。

吃海瓜子時，川燙透抽上桌，呂義文俐落地拿出塑膠醬料碟，倒上少許醬油，挖走三分之一芥末攪成渾濁醬汁，然後把另一個只倒了一半醬油的碟子遞給她。

彭心璇看著推過來的醬油碟，抬睫看向已經夾了塊透抽，並把它兩面輪流淹死在醬料碟裡、再送進嘴裡的呂義文，內心非常明白——這不是巧合。

他知道她不蘸醬，就算蘸，也不會把芥末跟醬油混在一起。

前年尾牙是吃合菜，沒有這道菜。

氣氛有點尷尬，好，只有她尷尬！但她裝作無事地也吃起透抽……噢，這麼鮮甜，蘸那麼多醬真的會讓鮮美大打折扣啦！

熱炒配啤酒，一杯接一杯，她每次連起身都來不及，呂義文就已經拿來新的一瓶，開啟、倒滿。

或許是酒精作祟，她也比較放鬆，沒有一開始的緊繃。

「真難想像，我們兩個會有坐在一桌吃飯的情況——我是說單獨。」前年那場差點沒打起來的尾牙不算。

「的確，如果給我們部門的人……不，只要公司有人看見，明天絕對傳成公司十大奇景。」呂義文深表同意，忍不住輕笑。

「你別沒事就讓我揹鍋就好。」

「停，我幫你們部門揹鍋的次數也不少！」

「你最好，那都是我力挽狂瀾的成果好嗎？我要是不步步為營，鍋也是自己揹！」

「你們部門犯的錯，本來就應該自己負責啊！多少次推到我們身上，我那叫回敬！」

「原話奉還！」彭心璇冷冷笑著。

「我以前就很納悶，妳這種人居然有男友，還能在一起這麼多年！」呂義文話鋒一轉，話題突然到了她身上。

暫時忘卻的事又給勾了回來，彭心璇心裡一沉，手裡的杯子晃了晃。「因為我遇到了一個很好、很好、很好的人。」

不只是對她好而已，那是種互相尊重，互敬互愛。

她從來不是公主，她獨立自主、擁有主見，不依附不順從，也不會曲意奉承地給他面子；真正有能力的人，不需要她這麼做，崔衍森就是這樣的人！他從不會打壓她、也不帶有任何貶抑或歧視，會支持她在事業上大展鴻圖，他們的能力勢均力敵，事業更是不分上下。

就算她生氣時說話尖銳，他喜歡冷戰，他們也都能包容彼此的缺點。那種小說裡才會出現的完美情人，就是指她跟崔衍森。

連理念都契合，結果最後，是她先背叛了他們的愛情。

「看起來還不夠好，所以妳帶著哭腫的眼睛來上班。」呂義文的聲音跟崔衍森不同，是乾淨清澈的。「認識妳六年，我沒見過妳這樣。」

「那你得珍惜，這種模樣可難得了，千金難買。」她再度自信笑著，又乾掉一杯。

「珍惜，保證珍惜！我可等太久了！」

彭心璇立即瞇起眼，這傢伙又是在幸災樂禍什麼。「我奉勸你，做人還是要有點良——」

「要不要考慮考慮我？」

彭心璇皺起眉，看著手裡空空如也的玻璃杯，忍不住拿過酒瓶看一下，現在十八天的酒精濃度已經高到四十了嗎？怎麼喝啤酒也會醉啊？

笑死，都幻聽了。

「別看了，我認真的。」大手拿走她手裡的玻璃瓶，「我說了，好不容易才等到妳分手。」

她忘記怎麼呼吸的，緩緩抬頭，正視了對面那男人。

他太認真了，這比他在會議室裡跟她爭論這口鍋該哪個部門揹時，還要認真。

且炙熱。

「我喜歡妳，彭心璇。」

※　※　※

她真希望晚上喝的是高粱，或是藥用酒精也好，直接裝死醉死都比這樣頭腦清楚地坐在計程車裡強。

窗戶降了幾公分，晚風一吹，整個人就清醒了，也知道隔壁坐的是呂義文，他堅持要送她回去，這該是紳士的行為。

「有必要嗎？」呂義文沒好氣地說著，「妳現在搞得好像我跟妳談判，說上週的錯要你們部門揹的樣子。」

彭心璇幽幽回頭，「換個立場，呂義文，我有一天如果這樣對你說，你能接受嗎？」

「我求之不得。」他居然開心地笑了。

噢，夠了！彭心璇開始覺得頭痛，忍不住扶額，這一切都不是幻覺，可是她好希望……

「你是認真的？還是一時興起？趁虛而入，有點兒沒品喔！」她不是小人之心，畢竟跟呂義文交手這麼多年，他突然說喜歡她？誰信啊！

「我在妳心目中居然形象這麼差？」呂義文冷不防地湊近，「彭心璇，除了公事上的紛爭跟保護下屬外，我從沒傷害過妳。」

彭心璇緊張地倒抽一口氣，伸手抵住他，說話就說話，不必那麼近……他得了解，他也是個具吸引力的男人。

「我腦子有點亂……」

「妳咖啡只喝輕焙的，啤酒喝十八天，心情不好時必須要立即馬上吃到奶油系甜品，千層為佳，每週三固定要吃一顆抹茶泡芙，當妳喝摩卡加布朗尼時，就是月經來的時候。」

她驚愕地看向他，下意識伸手摀住他的嘴。「你……」

呂義文眼鏡下的雙眼笑彎了眼，他大方地直接握住她的手，還加重力道不讓她輕易離開！彭心璇意識到不對時，已經來不及了，試圖抽回自己的手卻完全使不上力，呂義文甚至挑逗般地任自己的唇，在她掌心中遊走摩娑。

「妳以為每年生日那束花，是部門經費嗎？」儘管有安全帶的牽扯，他還是能逼近她。「或是你們受到表揚時的禮物，都是嘲諷禮？」

……不是嗎？彭心璇緊張地吞嚥口水，禮物她一向照單全收，因為她覺得那是公司的事務，以為呂義文是基於禮貌、或是不甘、或是嘲諷的往來！什麼因素她都想了，就是沒想過那是——愛慕？

「我到了！」彭心璇驚慌地喊了聲，「司機先生，前面那間全家停車。」

急急忙忙地抽回手，她慌張地打開皮包想看要付多少錢，又發現自己現金帶得不夠，畢竟平時都是用手機支付啊！

「車費我到家再跟妳說，平分。」呂義文輕柔地扔下一句，解決她的窘境。

「好，我再 LINE 給你。」彭心璇急著想下車，結果被安全帶拉力拉回，她居然緊張到忘記解開安全帶了！

啊啊啊！她真的羞得無地自容，身後清爽的笑聲更令她難為情！

「妳不那麼強勢時，其實非常非常可愛。」呂義文邊說，一邊為她解開安全帶。「不然我也不會迷上妳。」

「噢！少說兩句吧你！」彭心璇咬著唇回頭時，已經滿臉通紅。

好不容易下了車，逃走絕對不是她會做的事，她紅著臉站在廊下，還是很有禮貌地向挪到門邊坐的呂義文道謝。

「我沒在開玩笑，妳好好想想。」呂義文開著窗，喜歡她那緋紅臉龐的樣子。

「你別害我失眠。」

「那只會讓我得意，因為妳終於有想我想到失眠的時候了！」他笑了起來，「我喜歡妳，認真的！請考慮一下我。」

他笑起來真的很好看。彭心璇打從心底這麼覺得，這是客觀心態，不是因為他突然對她告白後才這麼覺得的。

呂義文一直以來，就是帥哥等級啊。

聽著他不顧場合的告白，彭心璇真的覺得自己應該逃了，她不耐煩地擺手催促司機快點走，焦急地轉身往家裡走去。

計程車開走了，她酒也醒了，掏著磁卡準備感應進入社區大門時，有隻手更快地感應了鑰匙。

「謝謝！」她抬頭向鄰居道謝。

結果是崔衍森。

他冷著一張臉，她剛停車的地方距大門就十步，她不敢想他是什麼時候回來的？或是何時站在那兒……他聽見呂義文說什麼了嗎？

「妳這速度有點令我驚訝。」他隻手將鐵門推開時的力道，帶著點怒意。

「別亂說，他就呂義文，記得嗎？老跟我作對那個！」彭心璇不敢看他，從他推開門的右臂下鑽進社區裡。

是嗎？剛剛那男人的「我喜歡妳」，可是在外頭餘音繞樑，他聽得一清二楚。

拎著手上熱騰騰的鴨血豆腐，這是彭心璇生理期前最愛吃的東西之一，算算日子就這兩天的事，他特地去排隊，買回來後在樓下等她，想給她一個驚喜……結果，反而是她給了他一個天大的驚喜。

兩個人一前一後地走著，直到進入電梯，來到家門口，誰都沒多吭半句話。

直到進入家門，彭心璇才脫鞋，身後的力道就將她扳了正，狠狠在她唇上咬了一下！

「崔衍森！」她沒站穩，直向踉蹌後倒。

但她被他錮在懷中，就算雙腳都打滑，也不至於摔下去！

「死對頭？還要妳考慮考慮他？這是什麼死對頭？」崔衍森語調如平時溫柔，但每個字卻都藏著怒火。「你們這幾年來是吵架吵出感情了嗎？」

「別……你別鬧！崔衍森！他突然這樣我也很錯愕，好嗎？」彭心璇試著要掙開他，卻完全無能為力。

全然感受到崔衍森的怒火，彭心璇只覺得無辜，告白的人又不是她！是呂義文單方面喜歡她、是他單方面跟她告白，而且她也沒答應啊！這男人是在吃什麼醋……而且，他很少這麼生氣過！

「他要怎麼說我管不了他！你把氣出在我身上不公平！」彭心璇冷靜地說。

「心動了？」崔衍森鎖著她的雙眼，誰讓她不停地躲閃。

這問題讓彭心璇又一陣心慌，除非真的很討厭對方，否則被人告白再怎樣都會有得意的心情好嗎？更別說呂義文……還是個皮相好的傢伙。

「錯愕大於……」話說到一半，彭心璇突然皺起眉。「你用什麼身分吃醋？」

「妳男人。」崔衍森更用力地摟著她往胸前靠。

彭心璇終於正視了他，撫上他有些鬍碴的下巴，挑逗般地撫摸著。「是嗎？要跟我結婚的那種？」

電光石火間，背後及腰上的力道鬆開了。

彭心璇登時圓了雙眼，用力地推開了他，她不爽地把腳上的鞋子朝角落踢飛，怒氣沖沖地直接朝著沙發走去！

「怕了就快滾！崔衍森，我昨天不是在跟你開玩笑，我說了我要結婚！」彭心璇將公事包扔在沙發上，忿忿地扭頭。「昨天就說了，不結婚就分手，嚴格說起來，我們現在已經分手了。」

崔衍森無奈地看著她，拎著鴨血豆腐走進廚房，找了她喜歡的碗盛好，彭心璇還站在沙發那雙手抱胸地生著氣，其實她連自己氣從何處來都不清楚，只覺得頭腦一片混亂。

「你買……」看著端到茶几的鴨血豆腐，彭心璇心頭瞬間一陣暖。「幹麼突然……」

「想吃了吧？那個應該快來了。」他一如既往的溫柔，招呼著她坐下。「還是剛剛已經跟別的男人吃飽了？」

「對，吃飽了。」她咬著唇，知道這是他特意為她去買，剛剛也是刻意在樓下等她的。

已經十點了，他工作也很忙，但還是能為她做到這樣……彭心璇抬頭看向男人，眼眶忍不住一陣濕潤，不捨地撫上他的臉頰。

「你能為我做這麼多，為什麼就是不能娶我？」

崔衍森握住她捧著自己臉頰的手，憐惜地摩娑著。「妳明知道這是我人生最大的原則，我不婚，我不要那個身分。」

「是因為你不想負責任？你知道一旦結了婚，很多事就會不一樣，責任會變重，你不想對我負責。」

「彭心璇，這是我們早就知道的事情，也早就有共識，妳不也是不想負責嗎？」崔衍森再嘆了口氣，「唯有在一起，所有事情才會單純得僅僅屬於我們兩個人；一旦結婚，我們的愛情會變得很複雜、變成很多人的事、兩家人的事——這也是妳最恐懼的不是？」

「是！我都懂——但是現在我願意試著克服，你呢？」

彭心璇閃閃發光的眸子望著他，她願意為了他犧牲、為了他克服這一切，就為了結婚，成為新娘、成為某某太太。

崔衍森視線從她的雙眼，落上了她的唇，俯頸深深地吻上了她。

她不知道有沒有想過，他不願犧牲，更不願她為他犧牲。

「如果這樣，妳就不會是我愛的那個彭心璇了。」他輕咬著她的唇，聲音略沙啞地低喃。「愛情不該是算計，妳，是在算計我嗎？」

她總是難以抵擋他的吻。

幾番唇舌交纏，她氣喘吁吁地抵住他，話還沒說完，再不節制點，等等又上床了！

「我不是在算計你！我再認真不過了！我願意犧牲，我想要結婚，要有個名分！」她露出可憐兮兮的模樣，「你知道我愛你的。」

他知道。正是因為如此，他才不懂為什麼彭心璇要提出這種要求。

「有多愛？」他冷不防打橫抱起她，直接朝著房間走去。「證明一下。」

「等等……崔衍森！你等——」

※　※　※

算計？這個詞有夠難聽，但她卻無法否認。

崔衍森說得對，她算計了他，如果一開始理念不合，他們根本不會在一起，豈止她蹉跎了八年，他何嘗不是？現在她仗著他們之間的感情，突然說要結婚，彷彿在逼他就範似的，又是一場算計。

前幾晚的崔衍森特別激烈，折騰著她連連求饒，搞得她腰痛了幾天都沒好，結果月經又來簡直雪上加霜！但那晚的隔天她醒來前，他人就已經走了，連早餐都沒做，又接連數天都沒現身！

彭心璇戳著便當裡的菜，如果筷子是刀，便當盒只怕早就被戳穿了。

「我覺得便當是無辜的。」

帶著笑意的聲音傳來，把她神遊的靈魂拉回，彭心璇緊張地正首，看著一杯熱茶遞到了她的面前。

「呂經理。」她客氣地說著，突然有點緊張。

「真見外，我還比較喜歡妳以前的叫法。」呂義文認真地蹙眉，「什麼心機鬼？還是……」

「彼此彼此，別以為我不知道你在背後叫我什麼！」彭心璇冷哼一聲，夾起一塊甜菜根隨便往嘴裡塞。

呂義文笑得有點過分開心，遞上了一杯熟悉的飲料，還有一盒蛋糕。

這可把彭心璇看傻了，她甚至是處於有點驚訝——這是她在月事期間的指定摩卡加布朗尼，這種高熱量的放肆吃法，只容許在這期間放縱！

她倒抽一口氣，因為驚嚇過度所以沒辦法掩飾。

「你為什麼會……等等！」她心慌得很，「你是在女廁安裝了監視器，還是——」

她一驚，下意識站起身，連忙看向自己的褲子，該不會滲出來了吧！

「妳向來很準時啊，摀著肚子趴在桌上，再濃的妝也擋不掉那份疲憊感，如果那天每半小時就補一次口紅，就一定是了。」呂義文溫柔地看著她，「然後妳一定會叫一份外送，或是讓人去買。」

咚。

彭心璇覺得剛剛自己的心，好像被重重敲了一下。

她從不知道，呂義文這麼細心……不，他本來就是個非常細心又聰明的傢伙，只是她沒想過他會注意到她的……這種事。

「你什麼時候注意到的啊？觀察我？」

「對啊，一直都在看著妳，總覺得知己知彼，百戰百勝。」呂義文回得理所當然，「但是在外面看著妳痛苦皺眉時，我會覺得心痛開始，一切就不一樣了！」

彭心璇又紅了臉，為什麼這傢伙說情話可以這麼自然，比在會議室跟她互拍桌子時還流暢？這種事可以講得這麼不經意嗎？

而且，他如果不要一直看著她，她的心跳會正常一點。

「你……」她想說些什麼，但居然語塞。

呂義文露出點得意的笑容，饒富興味地瞅著她。「沒想到我也有讓彭經理這麼驚慌失措的時候？」

「呂義文！」這三個字倒是中氣十足，「你別拿我開玩笑！」

「不是開玩笑。」他一秒內斂了神色，「我是認真的，我喜歡妳，四年了。」

咦？咦咦！彭心璇倒抽了口氣，然後又不知道該不該呼吸了。

「我隱藏得很好，因為我知道妳有男友，但妳現在不是分手了？」他雙眼鎖住了她驚慌的眸子，「請考慮考慮我，我覺得我們在一起，會非常非常有意思。」

彭心璇緊張地嚥了口口水，她再度逃開了眼神，被他看著，她真的會心律不整，而且腦子裡亂七八糟。

「我才剛分手……這時機不對，你真的想趁虛而入嗎？」

「彭心璇，妳這樣的女人，不趁虛而入我要等到什麼時候？」呂義文兩手一攤，「妳太過強大、理智、事業心又強；今天分了手，妳不需要男人也能活下去，而且會立刻投入工作中，我此時不鑽空子，只怕永遠等不到。」

她眨了眨眼，有點分不清這是讚美，還是在損她。

「既然都知道老娘沒有男人也活得下——」

「但妳剛結束八年感情，妳情感依賴了八年。」呂義文毫不避諱地說出自己的想法，「但我希望妳可以繼續依賴，只是換個對象——而且我不想再當那個死對頭。」

彭心璇看著呂義文，她跟呂義文之間的交集，真的都只有紛爭跟吵架，但也不得不承認對彼此有一定的了解，俗話說得好，敵人有時比愛人更了解自己。

人長得好看又聰明，兩人各懷鬼胎時總是不停激發她的挑戰欲！現在突然說要追她後，不僅溫柔體貼，還能繼續鬥嘴。

「真喜歡我？」她掙扎著問了。

「非常非常喜歡。」呂義文突然嚴肅起來，但直視著她的雙眼，愛意直襲而來。

被深情的眸子鎖住，讓彭心璇一陣心慌。「我才剛分手，心裡還有別人，而且我真的很愛他——這對你不公平，還是等我的心淨空了！」

「我不在乎妳心裡現在有沒有人，我是自願的。」呂義文驀地起身，握住了她的手。「我沒辦法等妳淨空，我願意陪著妳，一點一點的，把那個人擠出去，讓我住進妳心裡。」

她試著想抽回手，但呂義文的大手緊緊抓著，她抽不出一分一毫，抬首凝視著她，心中情緒極度複雜，卻無法否認這麼好的一個人對妳告白，會不動心。

「這對你不公平。」

「我自願。」

不這樣，他怕一輩子都進不去她的心。

而他有自信，可以讓她忘記那個人。

彭心璇深吸了一口氣，扭動著手腕，這一次呂義文識相地鬆開手，這時候再死抓住演什麼霸道總裁的話，彭心璇可能會拿杯子朝他頭上砸。

「再給我幾天時間。」她抽回手，卻拿起了他為她準備的熱摩卡。「一旦我百分之百確定分手，你又堅持自虐的話……我可以答應你。」

半俯身的呂義文驀地再趨前，瞬間拉近了與她的距離，她被突如其來的舉動嚇到，沒來得及逃，就發現他、他在面前了。

「我等妳。」

彭心璇慌亂地別過頭去，她每次閃避，每一次都會在心中暗暗懊悔！因為過往爭吵時，她能迎視這傢伙外加拍桌咆哮，怎麼面對熱情如火的視線時，就只剩下逃啊？

看她害羞的模樣，呂義文忍不住笑起來，就是這樣可愛的反差，讓他越陷越深吧？

「笑屁啊！」彭心璇伸出食指，戳著他的前胸，把他硬戳回座位上。「離我遠一點！別想上手！」

「我是那種人嗎？」

「哼。」

辦公室裡出現多日來難見的歡聲笑語，只是彭心璇不知道，門外站著另一個也提著布朗尼與摩卡的男人，他靜靜地站了好一會兒，最後，轉頭將手上的東西送給經過的陌生女孩，一個人離去。

這事情自然沒有瞞過彭心璇，因為這裡是她的部門，經過的人自然是她的下屬！看著布朗尼，她就知道是崔衍森來過了，他當然記得她的生理期、也知道她必吃的點心。

她在意的是，他沒進來，一定是看見了她跟呂義文。

嗶——電子鎖解鎖的聲音比她的心跳還慢，彭心璇還是鎮靜自若地打開門，一開門，崔衍森就站在門的另一邊，玄關處，還穿著上班的衣服。

「妳還是堅持要結婚嗎？」

她原本想先解釋晚上的事，但門都沒關上，崔衍森就問了。

「是。」

「妳想生小孩嗎？」

她忍不住輕笑，「我如果說是，你就會同意結婚嗎？」

「不會。」崔衍森倒也乾脆，「我不認為一個孩子的健康成長，跟結婚有什麼直接關聯。」

「我完全不想要孩子，但我就是想結婚。」她也悄悄深吸了一口氣，「那你呢？決定了嗎？」

崔衍森沒說話，她略吁口氣，準備換拖鞋。

男人高大的身軀逼近，突然將她扯進懷裡，濕熱的唇用力地吻上了她的額。

「衍森……」彭心璇沒說上一句話，再度被熱吻封住了唇，崔衍森的激情全在繾綣的吻裡，她差點就不能呼吸了。

今晚的吻比平常更激烈、更深刻，也更讓人頭暈目眩。

「我真的，非常非常愛妳，我想跟妳在一起一輩子，我從沒想過跟別的人生活！」他的唇回到她額上，熨貼著。

「我也是。」彭心璇用力環抱住他，「所以，你願意娶我嗎？」

崔衍森緩緩睜眼，他做了一個又深又長，甚至顫抖的深呼吸，憐惜般地捧起她的臉頰，輕輕撫過她的臉，吻從額上落到睫毛、鼻尖、頰畔，最後是唇。

「房子當初是我買的，傢俱部分我可以用原價跟妳買下，妳想要什麼條件都能列，我們再討論。」崔衍森看進她的眼裡，他的雙眸竟帶著點濕潤。「我會先去外面住幾天，月底之前我們把財產分清楚，請妳搬走，就這樣。」

就這樣。

摟著她的力道陡然一鬆，彭心璇甚至因為驟失重心而微微向後踉蹌，崔衍森轉身拉開了門，就這麼走了出去。

一直到門關上後好一會兒，彭心璇才回過神。

但她沒有崩潰、沒有哭鬧，她先把自己的包包放好，到廚房倒了杯紅酒，發現桌上放著止痛藥，她喜歡的水果已經洗好切好，裝在保鮮盒裡放在冰箱裡。

走進房間裡時，她才發現崔衍森的部分衣物不見了，他的盥洗用具跟刮鬍刀都消失，浴室裡有一角特別乾淨，但卻讓整個洗手台變得失衡。

他剛剛離開時並沒有帶行李箱，所以他已經先把東西拿走了，再回家裡等她的。

「呵……呵呵，你早就知道我的答案，對吧？」

彭心璇無助地笑著，他，果然很了解她。

淚水默默地滑落，彭心璇比誰都清楚，他真的非常愛她，他能夠為她下廚、可以對她體貼入微、能支持她所有事業，說不定她說要天上的星星，他都能給他。

唯獨結婚，他無法給。

而她偏偏就要這份他不能給的東西。

「王八蛋！」

她不知道自己是在罵崔衍森，還是罵自己。

忘記心是在哪一瞬間崩潰的，彭心璇終究跪倒在房裡嚎啕大哭，她依舊覺得自己是不知足的婊子，有這麼好的男人還在挑什麼？

可是，她只是想結婚而已，到底哪裡錯了？

※　※　※

日子按部就班地過著，彭心璇搬出了那間公寓，與崔衍森算清了彼此間的財務，他們兩個都很大方，大家都在算出的金額後隨便添一筆，就當作這八年的陪伴。

搬離後彭心璇才發現自己東西有夠多，幾乎整間屋子都是她的衣服、她的包、她的飾品，崔衍森真的是縱得她太過！因為她先搬到旅館，月租比在外租屋便宜，還有人打掃，但真放不下那麼多東西，只能硬著頭皮先放在崔衍森那邊，她保證半年內處理掉。

住在旅館，她也面臨生活不正常的步調，半夜餓了沒有人煮宵夜、水果不會有人洗好切好，想哭時也沒人可以擁抱。

倒是也有不抱怨的時候，因為過去那個唯一會惹她生氣的傢伙，現在正拚命地試圖擠進她心裡。

「為什麼不住我家？我家很大。」呂義文帶著惋惜，做著不知道第幾次勸說。「共有三間臥室，當然妳要跟我住一間我也不反對。」

彭心璇挑了挑眉，鼻孔哼了氣，她傻了才會現在就搬去跟他住。

「我之前都不知道你個性是這麼死皮賴臉！」

「我還很黏。」他竟撒嬌般地瞅著她，跟一隻大金毛似的。

那與日常不同的反常模樣總是讓彭心璇覺得有趣，這個在公司中以雷厲風行、心機深沉、手腕了得聞名的呂義文，在她面前卻是個大男孩模樣，她真的能感受到，她是特別的。

「知道啦！我感受深刻。」她下意識地伸手撫上他的髮。

有一種說法，心思細膩的人，頭髮也會相當纖細；呂義文果然有頭細軟的髮，她的纖指伸進他髮內，這親暱的舉動瞬間拉近了彼此的距離，剛剛還一臉撒嬌的男孩樣突然變成了男人，呂義文倏地握住她的手腕，直接站起身，並將她拉進了懷裡。

動作一氣呵成，而且幾乎不容她的抗拒，彭心璇就這樣落入了他懷中。

她仰起頭驚愕地看著他，伸手抵住了他健壯的胸肌。

「現在在辦公室！」

「這樣感覺挺刺激的。」他勾起絕對不懷好意的笑容，捏住了她的下巴。

他身上很好聞。

之前她就知道呂義文的品味不差，不管是衣品、飾品，或是這充滿男人味的香水味，都會迷惑人的心……智……看著男人唇瓣的接近，彭心璇卻在最後一刻抵住了他的嘴。

「別……」她有點兒心慌，「現在是上班時間。」

呂義文眸子裡的光略微黯去，但他沒有強求，而是再度握住摀著他唇的那隻手腕，將那吻烙上她的掌心。

燙，真的好燙。

彭心璇僵硬著身子，趕緊縮回了手，她完全不敢與呂義文四目相交，一部分是害羞，但更多的是……愧疚。

她還沒辦法接受他的吻，因為她的心裡，依舊有著崔衍森。

一直有他。

呂義文依舊帶著微笑，彎下身子，幾乎貼在她的頸畔，鼻間吹出的氣息讓彭心璇緊張地縮起頸子。

「我說過，我可以等的。」溫柔的話語伴隨吐氣在她的耳旁，勾起彭心璇一陣又一陣的酥麻感。

他可以等，對。

呂義文直起身子，從容地走了出去！一離開辦公室，他煩躁地解了襯衫釦子，滿心的不快，在走廊上來回踱步兩趟後，決定先去買杯冷飲喝喝。

才怪，他根本不想等！說什麼現在在上班只是藉口，彭心璇就是還沒有做好接受他的準備，都快兩個月了，這速度真的有夠慢，而他也破紀錄的有耐心。

這份耐心已經長到讓他都在質疑自己，是真的那麼喜歡彭心璇？還是因為都展開追求、誇下海口了，為了那點面子捨不得放手？

他自己都搞不清楚了。

這一個多月來他們天天在公司見面、每天一起吃飯，送禮物約會什麼都做了，卻連接吻都沒有！她能接受擁抱、摟肩，但更深入的事總在緊要關頭閃躲。

其實他是真的很喜歡她，從第一次兩個部門發生爭端後，她變成他上班的樂趣，總是注意著她的一舉一動，更喜歡惹怒她，如果多一份心是喜歡的開始，那他至少喜歡她四年以上了。

「呂義文，怎麼一個人在這兒悶悶不樂？」

數位部的小江走了下來，看起來也是來偷閒的。

「你哪隻眼睛看到我悶悶不樂？我只是來買冷飲。」呂義文的口吻一點兒都不好。

「我每隻眼睛加耳朵都看見了啊！哎，你跟彭心璇還沒在一起喔？」小江還真是毫不留情，「多久了啊？一般情況下追這麼久，都是沒望了！」
「容我更正一下，她已經是我的女朋友。」呂義文沒好氣地灌下一大口冷飲，「我早就追到了，這是……」
「所以上床了嗎？」小江漫不經心地直搗黃龍。
唉，呂義文很想為了男人的自尊說「有」，但他跟彭心璇的事在公司裡屬於最大、最熱的八卦，一旦被她知道，真的就玩完了。
「唉……」一聲長嘆，此時無聲勝有聲。
「看你狀況就知道了，你們之間沒有那種親暱感……就只是比以前好，但不像情人！」小金結完帳，再逼近。「哪一步了？」
「牽手……擁抱。」
不知道臨別的臉頰晚安吻算不算，或是訊息裡吻得激情的貼圖算不算？
小金一陣驚愕，手上的飲料差點滑掉，是也沒必要這麼誇張吧！
「大哥，呂義文，呂經理！你、你是怎麼了？天哪，談戀愛果然會使人降智！」小江誇張得彷彿在演舞台劇。
「她才剛分手，是我不計較她心裡有人而硬交往的，我希望她可以心甘情——」

「大哥！你什麼都沒做，是要怎麼把她心裡那個人趕出去啦！」小江急得臉都漲紅了，「約會情話送禮，這些哪一個前任沒做過？說不定你以為浪漫時，她都在想前任啊！」

呂義文不是不知道這種可能，也從彭心璇許多次的恍神中讀出一二。「不然呢？我要怎樣？是我自己說願意等的。」

「親上去、抱上去，你們沒有一定的親密關係，你永遠住不進她心裡。」小江急得向前，「女人是很妙的，只要發展出親密關係，心就會開始在你身上！」

呂義文擰著眉，「你是想害我被告嗎？」

「我不是叫你用強的，我只是覺得不能一直這麼紳士！軟軟地來，不是她一婉拒你就放棄啊！我不信你不懂！」

婉拒一次就放棄。

沒錯！每次彭心璇羞赧地別過頭、或是找藉口打斷可能的接吻時，他就不再進攻，希望自己當個守信的紳士。

但是，她對摟抱沒有強烈的抗拒，如果他再賴皮一點，或許……

他突然發現，他真的太在乎她了！小心翼翼地守護，卻反而讓他進不去她的心裡，完全沒有把那個人擠掉的機會！

或許，他該認真點了。

※　※　※

千盼萬盼，終於盼到了他們之間第一個情人節！彭心璇答應得很爽快，他們一起吃了頓大餐，在河畔欣賞燦爛煙花，看著女孩縮著身體時，呂義文將大衣敞開，自後方冷不防地把她包進懷裡。

身子震顫，彭心璇嚇了一跳，但旋即感到滿滿的安全感。

衍森也會這樣，他雖沒有呂義文高，可是他的懷抱卻是炙熱而溫暖的！

現在這個擁抱也很暖，但她卻尷尬地想推開。

這位才是妳的正牌男友！彭心璇必須不停地告訴自己：妳清醒點。

「還冷嗎？」他問著，把她摟得更緊。

「不會！」她抬起頭，輕輕搖了搖頭。

呂義文低眸瞅著她，冷不防地俯下，就在要吻上的瞬間，彭心璇還是精準地閃開了。

她假裝正首要看煙火，於是那個吻，只能落在她髮上。

「妳在躲我。」男人也不再偽裝，帶著受傷的聲音透過胸膛震動，傳到她的背。

彭心璇身子緊繃，懷抱著她的呂義文也清楚感覺到了。

「……我不想騙你，是，我有點怕。」她低著頭，「我不知道能不能接受你，我知道你現在是我男友，但是我——」

心裡還是想著崔衍森。

在旅館時想、打開冰箱時想，夜晚翻身沒有那臂彎時，她甚至會哭。

多少的午夜夢迴，她都想搧自己，為什麼把事情搞成這個樣子。

「妳喜歡我嗎？」呂義文突然加重手臂的力量，將她緊緊摟在懷中。

感受到被用力擁抱著，彭心璇只是更加緊繃。

喜歡？當然喜歡，不喜歡就不可能會一起吃飯，一起約會，更別說還一起過情人節了！呂義文之於她，已經不僅是過去的討厭，而是真的喜歡，只是這種喜歡……可能僅限於有點好感？

至少，她不討厭他的觸碰與擁抱，也一直告訴自己，他們是男女朋友。

「不喜歡就不會跟你出來了。」她微微一笑。

「那不進一步，要怎麼確定心意？」他輕輕貼著她的臉頰，「是我說要等妳的，但是我覺得……我等得非常辛苦。」

臉頰貼著臉頰，彭心璇沒有閃躲也沒逃，她明白這一切對呂義文不公平，但她一開始就沒打算立刻開始一段戀情的，她以為呂義文是知道這點的。

不，他一直都知道，只是他等得太久了。

或許，他們應該暫時分開，她也不會辜負呂義文的情意……

「呂義文，我覺得……」

「我們應該試試。」呂義文突然鬆開了手，直接來到她前方，再度將她揉進懷中。

咦？彭心璇嚇了一跳，她緊張地揪著他的毛衣，看著他俯頸而下……這時候如果再躲開，好像就不夠意思了……她是不討厭，或許真的可以如他所言，試試看？

這一個吻，或許可以把他們彼此的關係，釐得更清楚……彭心璇決定給彼此一個機會，她放軟了身子，不再反抗，緩緩闔上了眼。

但突如其來的力道卻拽開了呂義文，連同在她懷裡的彭心璇也被嚇得睜眼，她是被扯離他懷中的！

還搞不清楚什麼狀況之際，她卻看清楚了人。

「喂……做什麼！」呂義文不爽的大手由下而上畫圓，揮開了抓著他大衣的手。「先生！你會不會太超過？」

衍森？彭心璇嚇得倒抽一口氣，一時有種自己被抓姦的錯覺！

「誰許你吻她的？妳——」崔衍森氣急敗壞地走向彭心璇，「妳真的要跟他在一起！」

不是……等等，為什麼衍森會在這裡？

「你別碰她！你是什麼身分啊？前男友！」呂義文也沒在客氣，上前扯開了崔衍森抓著她的手。「你們已經分手了，需要我提醒你嗎？」

「我非常愛她，我們才是彼此的另一半！」崔衍森說得倒是義正詞嚴，「全天下沒有人比我更了解她、更愛她，同樣地，她最愛的也是我！」

呂義文緊握拳頭，他們已經吸引了附近眾人的注意，他不想莫名其妙上新聞，忍下一拳揮過去的衝動。

崔衍森講的話很令人惱火，偏偏他對呂義文說的都是真的。

「是嗎？那為什麼分手？」呂義文冷冷一笑。

崔衍森喉頭一緊，看向了彭心璇。

她看見有人舉起手機，緊張地把圍巾拉起遮住面目，匆匆從兩個男人間逃離，這兩個都幾歲了？要談判不能找個沒人的地方嗎？找這人山人海的情侶公園！

「彭心璇！」崔衍森想要追，卻被呂義文一把攔住。

「你少過去，你沒資格！或許你說的都有理，但是——你們已經分手了。」呂義文瞪著他出聲警告，「不管你說得多好聽，你們現在什麼都不是！」

他挑釁般地說著，匆匆地追著彭心璇而去。

崔衍森站在原地，他沒追上去，雙拳握得死緊，呂義文說得有理……再愛，還不是分手了？

其實心璇要求的或許在理，但是——如果逼他做不願意的事情，也能稱之為「愛」的話，他寧願不要。

他真的以為心璇是懂他的，他感受到重重的背叛！是，分手是他提的，因為他不願被情勒，也不願意失掉原則，他也試著跟別的女孩相處，但每時每分，彭心璇還是在他心中，無法擺脫。

他更不敢說這兩個月他成了跟蹤狂，不敢說每次看見呂義文陪在她身邊時總是氣得胃痛，更不敢說情人節他訂了她喜歡的鈴蘭寄放在她住的旅館，又拿走，來來回回好幾次。

又不敢說，今晚從她下班一路跟到這兒。

直到看見呂義文要吻她，他腦子都沒思考就衝出去了！心痛到難以呼吸，理智告訴自己這是他選的路，但情感卻把他的心撕成千萬片。

他到底該怎麼辦？兩人相愛就是磨合與犧牲，他懂。

但他已經犧牲了百分之九十九件事，為什麼心璇獨獨還要他犧牲最後一件？

※　※　※

「彭心璇！彭心璇！」

呂義文在後頭喊著，女人只是加快腳步，直到罕有人煙的停車場，才終於停了下來。

「我想回去了！我自己叫車，你也走吧。」

「喂，不公平吧，事情又不是我引起的，妳不能讓我負責啊！」呂義文可委屈了，「是他來破壞我們的約會——」

「我現在心情很亂，我不想跟你說話。」彭心璇揉著眉心，就要往馬路走去。

「妳到底怎樣才能忘掉他？」呂義文終於忍不住低吼，「這麼久的時間了，我到底在妳心裡算什麼？」

都要走的彭心璇被迫停了下來，她回眸，眼神充滿不捨。

「別給我罪惡感，你早知道我心裡還沒淨空的！我也希望你能把他從我心裡擠出去，但是……」她緩了緩，「不是你不好，你很好，又帥又聰明，還溫柔體貼，什麼都好，根本是難得的好男人，只是……」

呂義文喉頭緊窒，「只是？」

你不是他。

彭心璇凝視著他，淚水悄悄匯集，她用力做了個深呼吸把淚水逼回去，微咬著唇克制住因激動而顫動的心。

是，呂義文再好，也不是他。

「你們到底為什麼分的手？」交往第六十二天，呂義文終於問了早該問的問題。

彭心璇搓著雙臂，低頭看著自己的腳尖。「我想結婚，他不肯。」

呂義文有點錯愕，他想過千百種原因，就獨獨沒想到這條。「啥？」

「我們都是堅定的不婚主義者，但我突然想結婚了，逼他娶我！他說他愛我、非常愛，但就是不能違背自己的原則……最後，不結婚，就分手。」

呂義文大大地吸著冷空氣，他腦子裡嗡嗡叫著，這兩個人也真夠奇葩的。

「所以……妳覺得他不結婚，就是不愛妳嗎？然後你們分了手？」

彭心璇踢著停車場的石子，呂義文的問題讓她覺得自己很爛。「我知道很扯，但我就是想結婚！我不懂為什麼他可以為我做九十九件事，偏偏這一件不願意！」

「他都做了九十九件了，剩下一件妳也要？」呂義文頓時哎了聲，「不不不，我不是在怪妳，我是——」

這女人真的很霸道，而且說風就是雨，果然是他喜歡的人。

「我知道，我超爛超渣還無理取鬧。」彭心璇深表同意，「只是我突然意識到我三十三了，我沒有太多時間再浪費！而且如果他真的愛我，為什麼會不想娶我？」

雖然誰也不能保證，結了婚就一定會長長久久，幸福一輩子。

有時結婚對女人來說，似乎更像是一份保險，保障自己以後人老珠黃後，還有個人會對自己負責？

怪了，她突然逕自皺眉，自己對自己負責很難嗎？

呂義文看著眉頭深鎖，一臉懊惱又自我厭惡的女人，內心湧起一股要不得的衝動。

他也突然覺得沒有時間再浪費了。

「那，如果我說，我能給妳那個身分呢？」

「什麼？」她抬頭，一時還沒從自我厭惡中回神。

等等！

呂義文載滿愛意的眼神再度鎖著她，那是澎湃的熱情，她一直都知道，是那種今天只要她敢越線一步，應該就會被愛意燃燒殆盡的熱情。

「妻子的身分，能一起去登記的身分，或者說……」呂義文驀地上前一步，「呂太太。」

她執拗地、渴求的一個身分。

彭心璇不可思議地抬首，難掩激動地看著依舊熱切望著她的男人，呂義文不再客氣地捧起她的臉龐，小江說得真對，繼續正人君子下去，何時才能進入她的心？

「妳願意，嫁給我嗎？」

※　※　※

手機傳來訊息聲響，坐在辦公室的彭心璇自信滿滿地拿起來瞥了眼，一切不出她所料。

叩門聲響，不等她回應就開門的人，十有八九是立美。

「彭心璇！妳知道了嗎？」她焦急忙慌地閃身溜了進來，「呂義文的部門被檢討了！」

「有錯就該檢討啊，天經地義。」她從容地嗯了聲。

立美皺起眉，最近這件事是不大，但風險控管不當，導致公司有所損失，再度是這兩個部門在推責，只是這回的大鍋，呂義文揹定了。

「彭心璇！」咆哮聲立刻在門外響起，伴隨著有點激烈的拍門聲。砰砰砰。

她倏地抬頭，不自覺泛起笑容，這氣急敗壞的聲音，好久沒聽過了。

「請進。」她及時斂了笑容，一臉平淡地回應。

門被不爽地推開，呂義文大步流星地走了進來，指著她就開罵。「妳這女人太卑鄙了！最後決策者明明是妳，憑什麼我們部門負責！」

「嗯……」她認真地皺眉思考，「可能因為章是你們蓋的？」

「那是因為妳當時確認不會有問題的——」呂義文咬著牙，激動得食指都微微發顫。「妳——張秘書，您好。」

他終於看見立美，敷衍地打聲招呼。

「您好，呂經理？」立美燦爛地笑著，「我覺得您現在應該有更重要的事情要做，檢討是確定了，該如何讓傷害減到最低……」

他當然知道！呂義文咬著牙忿而轉身，眼神仍舊瞪著彭心璇不放，就要走出去時，他又退了回來。

「這是報復嗎？」他擰緊眉心。

彭心璇怔然地看著他，「這是我想問的吧？你是為了報復我才搞這齣嗎？只是不幸被我反殺？」

「我沒有那麼下流！」呂義文低吼了起來，「我是那種人嗎？做不成情人難道還不能當朋友？」

欸……彭心璇非常無奈地聳了聳肩，好糟，他們要當朋友真的有一定的困難？

「等這件事結束後，我們需要好好聊聊！」他認真地再指向了她。

彭心璇終於笑開了顏，非常堅定地點了點頭。「我等你，好好聊聊。」

呼，終於等到了！終於等到他願意跟她聊聊了！

拒絕呂義文的求婚，甚至也一併拒絕了他的追求，那個情人節她向他提出了分手！他是個非常迷人的男人，她也無法否定跟他在一起的開心與心動，如果沒有崔衍森的話，她鐵定會愛上他。

但世界上沒有這麼多如果，因為偏偏就是有位崔衍森。

「妳也真奇怪，心心念念要結婚，結果有人跟妳求婚了，妳又不要。」立美嘖嘖嘖地搖著頭，「女人心喔，海底針。」

「或許我要的，是崔衍森跟我求婚。」她自嘲地笑了起來，「那些掙扎、痛苦都是藉口，不是崔衍森，就誰都沒辦法。」

立美暗暗挑了眉，她知道，大家都知道，當局者就是搞不清楚。

「所以跟當誰的太太根本無關嘛！可是妳這樣一搞，都夏天了，我看妳跟崔衍森也沒復合。」

「我自己弄丟的，沒這麼容易。」提起這件事，彭心璇就心梗。「搞丟一個愛人，又弄糟一段本可以成為朋友的關係。」

朋友？立美看向未關妥的門。「你說呂義文喔？」

「他還是因我受傷了，好歹給了他希望……我努力過了，但我心裡只有衍森！但也多虧他，讓我清醒了。」

如果她真的只想要「結婚」，想要「安定」，那呂義文的求婚應該讓她欣喜若狂；結果他的唇才一貼上她的，她就立即閃躲，嚇得退避三舍，腦子裡迴響著：她才不要！

能讓她安定的，只有崔衍森，在他身邊她才能感受到幸福、穩定，每一天都是滿足的。

這場莫名其妙的拉扯或許是看著身邊的人都步入禮堂，或許是年齡焦慮，她居然把「結婚」與「安穩」畫成了等號。

結婚不代表會幸福、不代表就會有個幸福的家庭，也不代表一生安定美滿；相對地不結婚，也不代表會不幸福。

人生的快樂與幸福，跟登不登記毫無關係。

就像崔衍森說的，一個孩子是否能健全成長，跟父母是否登記也不相關，關鍵在於如何好好地教育與養育，並讓孩子在一個充滿愛的環境中成長。

「那妳現在呢？不掙扎了？不一定要結婚了？不要是某某某太太？」立美連珠炮地調侃，「喜歡崔衍森多一點？還是享受呂義文追求多一點？」

「說什麼？我可沒享受，跟他交往時我壓力很大好嗎？」彭心璇忍不住翻了個白眼，「我心裡都是別人，然後跟他交往，每天都得自我催眠：我有新的男朋友，他跟我道早安晚安是正常、約會是正常的、摟我是正常的！」

「這麼辛苦喔！這麼好的男人，怎麼不把這機會讓給我？」

「很遺憾，他就只要我啊，即使知道我心裡有人，也硬要當我男朋友。」彭心璇帶著點自豪地攤手。「而且妳是人妻了，張秘書。」

她也曾期待呂義文能把住在她心裡八年的崔衍森趕走，但很遺憾，他做不到，她也做不到。

不過他的確紳士，畢竟當初追求時是在她心裡有人的前提下，所以分手時沒有什麼八點檔場景；呂義文只是苦笑著說他輸了，而且他真的不想再掙扎了！因為他比她更痛苦，喜歡著她，但她心裡卻放著別人。

這種痛苦的戀愛，真的沒事不要談，簡直自虐。

只是分手後，他們變得相敬如「冰」，凍到連見面都不太打招呼，彼此技巧地閃躲著彼此，有事都讓下屬傳達，她甚至不會在過去習慣的時間，遇到下班的他了。

這種關係也不好，她寧願像過去一樣：相敬如「兵」。

立美看著在收拾東西的好友，絞著雙手在心中掙扎，這陣子因為彭心璇突然的「想婚」，在感情中的拉扯，讓許多事情起了變化；除了她跟呂義文之間外，崔衍森那邊……

「妳有事就說。」彭心璇甚至正眼都沒瞧她，就知道她有事。

唉唉，真是火眼金睛，立美幾度張口欲言，但就是不知道該用怎樣的說法比較委婉。

「張立美。」彭心璇終於停下手邊的工作，向上瞪著她。「有話快說，有屁快——」

「崔衍森交女友了。」立美緊張地脫口而出，選了最直接的方式。

不過，意外地，彭心璇沒有任何驚慌或是詫異，就喔了一聲，把平板放進自己的公事包裡。

「喔，我知道。」

「妳知道？」立美驚呼出聲。

「對啊，那女孩打卡，有標註他。」彭心璇站起身，從容地穿起外套。「寫什麼守得雲開見月明，我會努力驅散濃霧，成為你的唯一。」

居然背下來了？立美瞠目結舌，她焦急地打探閨密神色。

「就這樣？我聽說才剛交往不到兩星期，妳……妳不想去挽回一下嗎？如果當時妳跟呂義文分手後，就立刻去找他的話，也不會有另一個女生了吧！」

「因為我需要沉澱，我相信他也是。」彭心璇轉身，側身靠著桌緣，看著認真為她擔憂的閨密。「或許這次我突然想婚，你們會覺得我瘋了，或是內分泌哪邊出問題，但這未嘗不是一個警訊，代表我們對彼此關係的不確定性。」

立美皺眉，她只知道，彭心璇跟崔衍森是天生一對，她有可能離婚，但他們還不一定會分手。

「所以妳還是想結婚？」

「不想了，真要嫁只嫁崔衍森。」彭心璇回答得超級乾脆，乾脆到立美又傻了。

「那妳還在這裡做什麼？他都交女友了啊！」她都在尖叫了。

「就說要給我們彼此時間去思考啊！」彭心璇認真地審視自己的妝容，非常完美。

「所以思考的結論是什麼鬼啊？他決定徹底忘記妳，進入新的戀情？而妳依舊確定非他不嫁？」立美喃喃唸著，完了完了，這跟之前的狀況有什麼不同？就是死胡同啊，分手分定了吧！

彭心璇笑了起來，轉頭挑逗般挑了她的下巴一下。

「跟我之前跟呂義文交往時有沒有八十七分類似？」彭心璇將髮夾取下，一頭長髮跟著披散。「八年，不是一兩週就能忘記的，而且——嚴格說起來，他們今天剛交往滿七天而已。」

彭心璇拿起鏡子，認真地補起口紅。

等等，立美皺起眉，發現到彭心璇今天穿著淡綠色的洋裝，戴著去年生日時崔衍森送她的項鍊，手上是七週年的鑽戒，現在在噴灑的是他最喜歡的香水味。

「妳要去哪裡？」

「我旅館月租到期了，暫時沒地方住。」彭心璇一臉可憐兮兮的模樣，「可能要找人收留我一下。」

「彭、心、璇！」立美扯了嘴角，「你們兩個不要殃及無辜啊！他都答應跟別人交往了，妳才急！」

「我沒急啊，我會尊重他的選擇！」彭心璇認真地拎起包包，「我只是去試試看——如果他選擇對方，我不會死纏爛打的。」

立美實在懶得說了，八年對七天，她不覺得那個新女友有多少勝算。

彭心璇拎過公事包，輕鬆地道聲再見，用過度輕快的步伐走出辦公室；而立美卻知道，她越緊張時，才會越故作輕鬆。

新女友的出現迫使她積極，之前她或許在深思是否要回頭、到底要不要選擇回頭？因為即使她回頭找崔衍森，他也不可能結婚的。

「真累！」立美拿出手機，他們這種已婚人士，沒有這麼多拉扯！

老公訊息跳出：晚上去吃火鍋好嗎？

好。

※　※　※

「要去找他了嗎？」

等電梯時，呂義文冷不防地出現在身後。

彭心璇回頭看向他，有點訝異，但沒有否認地點了點頭。

「如果他已經有女朋友的話，妳可以再考慮我？」

彭心璇皺起眉，不由得笑了出來。「呂義文，你，你知不知道自己在說什麼！我們已經——」

「但如果你們真的分手，情況就不一樣了啊！但我這次會等，等妳的心淨空了，我們再開始。」呂義文一臉受傷地笑著。

他還是笑著。

彭心璇緊抿著唇，鼻子有股酸楚湧上，她無意傷他，但他終究為她所傷。

「我真的很榮幸可以被你喜歡！如果我跟他真的結束，我……會考慮你的。」彭心璇鄭重地說著，「但是，不要詛咒我啦！」

她是去求復合的耶！

電梯開啟，她腳步甚重地踩進去！

「我偏要。」呂義文在外頭送她，「託妳的福，我今天加班寫檢討報告，歡迎妳隨時回來哭。」

「寫死吧你！」

※　※　※

「我不要結婚了……不行不行，要先道歉啊！咳！對不起，我錯了……我以後不會再提結婚的事……哎唷，天哪，彭心璇，妳怎麼這麼卑微？」

女人在門口來回徘徊，自言自語地不停練習見面詞。

「不卑微嗎？事情妳鬧的、分手妳說的，現在求復合的也是妳——我的天，彭心璇，以後在這段關係裡，只怕是沒地位了？」

萬一，衍森選擇那個新女友呢？她看起來很年輕啊，男人一輩子都只喜歡年輕妹子的啊，她都三十三了，竟還敢鬧這一齣？

她雙手抱胸，拖著一個行李箱站在過往的愛的公寓門口，練習了半小時各種說詞與開場白，但就是沒勇氣輸入密碼，打開眼前的密碼鎖。

這道門的密碼向來是她生日，如果他換了，她就要用最快的速度逃離這層樓。

如果他來不及，或忘記更換，但一進門，他跟新女友在裡面的話，她要怎麼辦？

八年跟七天，她穩贏的啊……吧？或許？

對立美說得那麼有自信，但其實內心根本慌亂不已，她就是個俗辣！她的自信、她的勇氣，在愛情的拉扯面前卻是屁！

「彭心璇，別想這麼多，伸頭一刀，縮頭也一刀，給自己一個痛快！」她用力深吸了一口氣，左手握著行李箱，伸出的右手微微發抖。

她應該先去按電梯的，讓電梯來到這個樓層，至少等等要跑比較好跑，否則萬一密碼輸入錯誤，引得崔衍森開門出來查看，那可有多尷尬？

她轉頭看向電梯方向，對，她應該要——嗶——

電光石火間，眼前大門的開啟聲響起，彭心璇完全措手不及！

「站得夠久了，麵要爛了。」崔衍森拉開門，主動接過行李箱。「今天晚上是妳愛吃的大滷麵，洗洗手準備吃飯了。」

什麼……什麼鬼？彭心璇呆站在門口，看著熟悉的身影拉著行李箱進去，玄關處早已擺放好她的拖鞋，男人把行李箱擺在一旁後，就轉身走進廚房。

彭心璇腦袋一片空白地走進去，門在身後自動關上。

「你知道我……要來？」

正用長筷拌麵的男人側臉依舊好看，頭也不抬地微笑。「我不知道。」

「可是你……為什麼煮了大滷麵……」

他深呼吸，抬起頭，終於轉向左看著她。

「每天的菜都不一樣，只是今晚剛好是大滷麵。」

他只是在這近半年來，若是提早到家，每天都會煮兩人份的晚餐，等待她回家而已。

淚水沒有預告地滑落，連盈眶都來不及，彭心璇既心酸又心動地別過頭，她咬著唇不讓自己失態；迅速地換上拖鞋，拉著行李箱逃回房間！脫下精心準備的洋裝，換上了居家服，紮起頭髮，擦掉過濃的妝，從容地回到廚房。

「新女友不在喔？」

「隔壁部門的同事，假的，僅我們共同朋友可見的動態。」寬闊的背影正在為麵湯調味，「我覺得時間差不多了，妳也該思考出一個結果了。」

他總要製造一個機會，讓她有理由來談談。

彭心璇忍不住努嘴，這時就會覺得崔衍森實在了解她了解得過分了！煩！回頭看向空無一物的中島，擺放餐具向來是她負責的範疇。

她看著崔衍森準備的麵碗顏色，選出搭配的碗筷湯匙，再打開冰箱，裡面的保鮮盒裡，依然是滿滿的水果，還有最近在網上蔚為風潮的蛋塔。

「晚上我們喝十八天好不好？」她抽出了必備的十八天啤酒

「好！」

「那我順便再弄兩個下酒菜吧！」冰箱裡一直都有真空包的滷味豆乾。

「妳弄就好。」

她倒出滿滿泡沫的兩杯啤酒，好整以暇地放上中島座位的兩邊時，大滷麵也剛好上桌。

兩個人一左一右，剛好站在自己的椅子邊。

「歡迎回家。」

「我回來了。」

永遠都天明

／ 晨羽

汪辰榕的父母在她十歲時離婚。父母問她想跟誰，她用含淚的眼睛看著母親，嘴裡回答的卻是爸爸。

其實她內心想跟母親，然而她聽見母親告訴友人，要獨自照顧她會很辛苦，什麼都不能做，希望她留在父親身邊。懂事的汪辰榕聽了進去，並實現母親的願望。看到母親如釋重負的表情時，她確定自己做對了。

忙於工作的父親無法照顧她，汪辰榕只好到姑姑家過著寄人籬下的生活，期待著母親有一天能回來接她。然而國二時，表妹告訴她，母親在回老家時告訴外婆，當年她為了生活，希望汪辰榕跟著前夫，但看到汪辰榕真的毫不猶豫選擇父親，也沒對她說出一句挽留的話，她感到失望跟心寒，如今也不知是否該將她接回身邊。

汪辰榕對母親的期許自那一刻幻滅，無法接受自己忍受無盡孤單跟寂寞，給予對方想要的自由，卻換來這樣的怨懟；母親的話深深傷了她，更影響到她往後的價值觀及人生觀，甚至是更深遠的地方。

汪辰榕曾將這段傷心往事向兩個摯友傾訴。有天這兩人爆發嚴重爭執，朋友A要求汪辰榕在二人之中選一個繼續做朋友，汪辰榕選擇了朋友B，她跟A因此決裂，再也沒有說過話。事後B問汪辰榕，明明她和A感情最好，為何不選A？那時汪辰榕強忍心痛回答她：「因為她明知道我最討厭做這種選擇，卻還逼我在妳們之間選邊。」

年少時的陰影，造成她在關鍵時刻用違心之舉保護自己的習慣。所謂的關鍵時刻，通常就是指讓她在不情願的情況下對重要之人做出抉擇，如同父母要她決定跟誰離開的時候。只要不再嚐到同樣的心痛，她甚至寧可在被捨棄前，就先捨棄對方。

汪辰榕明白這樣的自己，在某些人眼中就跟母親認為的一樣薄情，她也接受自己有著殘缺的一面。但也正因她是這樣的自己，才能遇見生命裡最特別的那個人。

※　※　※

「辰榕，妳可以給我答案了嗎？」

結束兩週在日本的出差，汪辰榕晚間八點從機場開車返回臺北，開啟手機擴音與男友通話。

她握牢方向盤，深吸一口氣，用堅定不移的聲音回答：「恆中，我無法就這麼結婚，原因你很清楚。」
「我當然清楚。」男人的聲音充滿疲憊，「但妳也知道現在的問題非常棘手，我媽她已經……」
「我明白你母親的情況，也明白你焦慮的心情，可我還是不能就這麼答應你。事關一生的事，我沒辦法用這種草率的方式做決定。」
男人在沉默後吐出長長的嘆息，「好，沒關係。總之，下週先一起去看我媽，到時候再討論，妳週末好好休息。對了，如果妳有跟邵峯聯絡的話，替我問候他一下，說我很抱歉。有事隨時聯繫我，晚安。」
通話結束，汪辰榕目視前方，陷入漫長沉思。還未到目的地，她動手撥出一通電話，彼端傳來慵懶的男聲。
「汪辰榕，妳回來了？」
「對，剛到臺北，正在開車回去。Eric，你在家嗎？」她問。
「我這兩天都在我男友家，明天才回去。」對方提高尾音，「怎麼了？是不是賴先生惹妳不開心，才讓最討厭開車講電話的妳，氣到忍不住打過來抱怨？」
她唇角牽動，凝重的表情柔和了些。「是啊，所以想跟你發個牢騷。沒關係，等你回來再說吧。」

「何必苦苦等我回來？先去找另一個人發牢騷啊。」

「誰？」

「還有誰？妳不會是跟我過得太開心，就忘了妳的頭號『青衫之交』是誰了吧？」

汪辰榕愣住，表情瞬間轉回嚴肅，眼神更流露出一絲倉皇。

「尹邵峯才剛發生那種事，我不好那麼做。我想給他一點時間，過幾天再聯繫他……」

「這樣說太見外了吧？搞不好他也想跟老朋友大發牢騷呢。總之妳先打給他，若聯絡不上就跟我說。我等等殺去他家，確認他是不是還活著？」

猶豫了整整一分鐘，她才照著對方的建議撥出電話。

原以為對方不會接，沒想到電話立刻就接通。「喂？」

「喂？」她的心跳漏了一拍，笨拙地問：「你……還好嗎？」

對方笑了，開口揶揄。「妳講話幹嘛這麼戰戰兢兢？妳從東京回來了？」

「對，在回家的路上。」

「賴恆中去接妳？」

「沒有，他在臺東，我自己開車回……」汪辰榕說到一半就打住，驚覺不妙，但已經來不及。

男人再開口時，聲音冷到彷彿連車上溫度都跟著急降。「汪辰榕，我警告妳很多次，沒緊急的事不許開車講電話。妳要找我就到家再打，不然就把車子安全停好再打，我又不是不會接。再被我抓到，朋友就真的不必當了！」

雖然因為一時緊張，不小心踩中對方的地雷，但聽見他生氣的語氣，汪辰榕發現自己鬆口氣，甚至忽然有些鼻酸。

「嗯，抱歉，以後不敢了。」她真誠道歉，深呼吸。「要不要去吃點什麼？我大概再半小時就到臺北了。」

「好啊，就去妳喜歡的那間熱炒店吧。妳車子開慢點，不許趕路，等等見。」男人說完就掛斷，像是不想讓她繼續分神講電話，連一秒都不行。

停好車子，汪辰榕提著包包走進熱鬧的熱炒店，很快就找到人。對方也像是感應到她的到來，同時朝她的方向望去，對她揮手。

「妳來得真剛好，菜都上桌了，趁熱吃吧。」

尹邵峯將一只空玻璃杯放在她面前，主動幫她倒烏龍茶。桌上的料理都是她愛吃的。

她發現他沒有點酒，「你開車？」

「沒有啊，我搭捷運來的。」意識到她想說什麼，他再說一句：「我今天沒有很想喝酒。」

尹邵峯的公務背包擺在身側，身上的淺藍色襯衫燙得整齊，頭髮也有打理，像是直接從公司過來。

「你今天有上班？」覺得口乾的她，一口氣喝掉半杯的烏龍茶。

「我當然有上班，今天不是才星期五？我接到妳電話的時候還在公司呢。怎麼這麼問？」他納悶睨她。

「我前幾天跟 Eric 關心你，他說你把自己關在家裡，所以我以為你需要靜靜，不想讓別人打擾你……」

「啊？沒有啦！我這週有幾日可以在家工作，不是他說的那樣。那混蛋幹麼用這種說法害妳誤會？」

抱怨 Eric 一頓後，尹邵峯迎上汪辰榕的眼睛，笑著重申：「沒事啦，我跟艾瑪是好聚好散，以後也會是朋友。妳去東京的第一天就得知我離婚，應該嚇壞了吧？不過我也嚇了一跳，我沒想到艾瑪會直接打給妳，我明明跟她說由我告訴妳就行了。」

「你會怎麼告訴我？」見他沒回應，她替他回答：「你八成會說是個性不合才離婚，絕不會老實說是因為艾瑪對不起你吧？我知道你不會想讓我們心裡留下疙瘩。」

「妳會氣艾瑪嗎？」

「她那樣傷害你，我當然會氣。但聽到她對我那麼坦誠，反而不知道該怎麼氣下去。艾瑪本來就很忠於自己，又不太會說謊，我很難打從心底討厭她。」

「那就好，知道妳沒有真心怪她，我就放心了。我不希望這件事影響到妳們的友誼。賴恆中也知道了吧？」

「知道。艾瑪說她先傳訊息給恆中跟 Eric，最後才通知我。恆中很震驚，請我多關心你，還說他覺得對不起你。」她又多啜幾口烏龍茶。

他笑了，「幹麼覺得對不起？」

「我若是他，也會覺得無顏面對你。當初他大力把艾瑪介紹給你，說你們兩個是命中註定的一對，結果你們結婚才兩年，艾瑪就給你戴綠帽，跟別的男人閃婚搬去國外。心裡不可能不尷尬的吧？」

「唉，真的不用這樣。跟艾瑪交往、結婚，全是我的決定，結果當然是我要承擔，怎能怪別人？妳叫他千萬別放在心上，要是真的過意不去，下次請我喝一杯。」

「嗯，他一定很樂意。」汪辰榕又深深多看他幾眼，「你真的不恨艾瑪？」

「不恨。我很高興她找到真愛，希望她幸福。」

「我都不知道你是這麼心胸寬闊的人。」

「我也不是從一開始就是這種人。」他用湯匙舀起勾芡湯汁，淋在碗中閃亮亮的白飯上。「我曾經也是個容易嫉妒，佔有欲強的人，希望我愛的人眼裡永遠只有我，但是這個想法後來改變了；只要對方能平安幸福，我不求她一定要選擇我。可以在最適當的位置守護她，我就滿足了。」

「我從來沒聽你說過這種事。」汪辰榕放下手中的杯子，灼灼盯著他。「為什麼你的想法會改變？契機是什麼？又是誰曾經讓你喜歡到那種地步？難道是你高中時交的女友？」

尹邵峯冷眼睨她，「小姐，別突然八卦好嗎？而且妳還敢提高中那件事？某人為了跟男友賭氣，把無辜的我拖下水，讓我內心受創，這筆帳我還沒跟妳算完！」

汪辰榕笑了出來，「你幹麼翻舊帳？我不是有負起責任讓你恢復清白？還讓你發現你女友才是真正腳踏兩條船的人，你應該感謝我，怎麼可以恩將仇報？」

「妳也不想想我一下子被說是妳的小王，一下子發現自己才是被劈腿的地獄倒楣鬼，臉都丟光了。這是我最慘的黑歷史，想到都會忍不住同情當時的自己。」

「但若不是這件事，我們也不會變成朋友吧？」

「是啊，沒想到我的懲罰到現在還沒結束。」

「你可以再過分一點。」

看著尹邵峯上揚的嘴角，汪辰榕吞口水潤潤依舊乾涸的喉嚨，認真說：「總之，身為老朋友，你一定懂我想說什麼。有需要我的地方儘管開口，別獨自承擔。」

他忽而輕輕嘆氣，「不要光會勸我，妳自己也要做到。」

「什麼？」

「妳跟賴恆中發生什麼事？」

她嚇了一跳，「什麼意思？」

「這是老朋友的直覺。之前我跟艾瑪拿在沖繩買的名產給你們，那時我就覺得你們有點奇怪。今天看妳鬱鬱寡歡的樣子，就更確信你們有問題。」

「我看起來鬱鬱寡歡嗎？」

「不像啊，妳從不輕易展露負面情緒，但我還是看得出來，別小看我們十三年的交情。好啦，廢話少說，究竟怎麼了？」

發現尹邵峯早就猜到了，她下意識握緊杯子，低聲宣布：「恆中上個月向我求婚了。」

男人一頓，「是喔。」

「你的反應也太平淡，還以為你會大聲說恭喜。」她不禁調侃。

「妳的表情讓我說得出這兩個字嗎？」尹邵峯調侃回去，慢慢放下餐具。「而且我又不是不明白妳，所以事先就猜到一點。妳會因為賴恆中不高興到這種程度，應該只有這方面的理由。確實是他的求婚讓妳不開心吧？因為妳還不想結婚。」

她點頭，「就是這樣。」

尹邵峯神態變得嚴肅，「不過，賴恆中不是清楚妳不輕易踏入婚姻的理由，也很支持妳的想法，為什麼突然這麼做？莫非有發生什麼讓他改變念頭的事？」

「你說對了。恆中的母親在上個月診斷出罹患胃癌，而且情況不太樂觀。原本他母親也尊重我們的決定，可發現自己時日無多後，她改口告訴恆中，希望今年就看到我們結婚，生下一個孩子，這樣她才沒有遺憾。恆中本來就很孝順，聽到生病的母親有這個願望，內心就動搖了。」

尹邵峯愣了一陣，眉頭擰起。「沒想到是這麼棘手的原因，那也難怪了。看來你們不是談得很順利，賴恆中是怎麼說的？」

「他希望我們可以登記，先讓他母親安心。生小孩的事，他再想辦法讓母親改變心意。可我無法接受這種『先做了再說』的做法，也不想賭。總認為事情絕對不會照著恆中說的走。要是現在真的答應他的求婚，我感覺就會回不去了。」

尹邵峯不置可否，目光停在她的臉上。「這件事妳有跟誰商量過嗎？」

「沒有，本來打算回家時找 Eric 聊聊，但他去他男友那裡，明天才會回來。」

「那幹麼不找我？一個人煩惱了這麼久。」

「因為……我想先自己好好思考再告訴你，而且我沒想到你會突然跟艾瑪離婚。怕你心情會更糟，就不想打擾你，結果被 Eric 唸了一頓。因為他勸我找你，我才決定打給你。」她努力掩飾語氣裡的不自然，下一秒補充。「但我不是為了要跟你抱怨這些，是真的想關心你才聯絡你。」

「我知道啦，有什麼好解釋的？」他啼笑皆非。見她杯裡的烏龍茶喝得差不多了，又幫她斟滿。「妳說賴恆中在臺東，是出差嗎？」

「對，等他下週回來，我們就會去醫院看他母親，也會更認真地再談一次。」

「那妳……」汪辰榕放在桌上的手機這時響起訊息提示音，見她沒有立刻拿起來讀，尹邵峯溫聲說：「妳先看吧，也許有重要訊息。」

汪辰榕這才將目光從他臉上移開，低頭讀著新訊息，不久低呼：「糟糕！」

「怎麼了？」

「我忘了宥亞明天要來找我，她問可不可以帶一個朋友過來。」

「是她那個叫小潔的朋友？」

「如果是小潔，宥亞應該會直接說，所以我猜是別人。她還說希望 Eric 也在。」

「為什麼？」

「不知道，總之我先通知 Eric。如果你明天沒事……要不要也一起來？」

「宥亞會指名 Eric，應該是有事想找他，我晚點再過去。」

汪辰榕點頭，傳訊息到一半，忍不住輕輕打了個呵欠。

「宥亞明天跟妳約幾點？」

「下午兩點。」語落，她再打第二個呵欠，輕揉沉重的眼皮。

「我請店員把這些菜打包，妳帶回去。」

「為什麼？在這裡吃不就好了？而且我們不是才剛坐下？」她傻住。

「看妳一直打呵欠，我怕妳等等會吃到睡著。妳應該很累了，早點回去休息，明天睡晚一點，中午把這些菜熱一熱，就不用準備午飯了。」

沒等她回應，他就開口呼喚旁邊的店員。

站在汪辰榕的車子前，尹邵峯向她攤開右手，她微愣。「幹麼？」

「車鑰匙給我，我來開車。」

「你幹麼要開？我自己開就行啦，我還打算送你一程呢！」她詫異。

「我才不想給精神不濟的傢伙載，太危險了，而且妳不久前才被我抓到開車不專心，所以沒得商量。賴恆中同意我監督妳，不想我跟他告狀，就照我說的做。」

汪辰榕講不過他，乖乖交出車鑰匙，坐上副駕駛座。

看著尹邵峯動作俐落地繫上安全帶，發動引擎，打開音樂電台，汪辰榕的腦中冷不防冒出一個想法。

她認為尹邵峯今天其實有開車上班，不過接到她的電話時，察覺出她的異樣，於是把車停在別處，假裝搭乘捷運來，並刻意不點酒，為的就是將她的人跟車子一起平安送回家。

她相信自己的直覺，卻沒有向他確認，選擇沉浸在兩人的這份默契裡。

「你送完我要怎麼回家？」

「搭捷運啊，捷運站離妳家又沒有很遠。操心這個幹麼？」他失笑，用著極安全的速度行駛，然後叮嚀：「今晚好好睡一覺，重要事明天以後再想。知道嗎？」

「嗯。」她望著窗外流逝的燈火，「尹邵峯，跟你說一件事。」

「什麼？」

「我發現，恆中好像不喜歡 Eric。」

尹邵峯的臉上出現一絲訝異，眼睛卻沒離開前方，依舊專心駕駛。

「為什麼？難道賴恆中有跟妳抱怨他？」

「他沒有，在我面前也跟 Eric 相處正常。可是這半年來，他會用暗示的方式建議我賣掉現在的房子，搬到他認為更適合我住的地方，還介紹他的房仲朋友給我認識；因為我跟 Eric 常互相串門子，我懷疑過他是為此不高興，但他再三否認。他給的說法是，我住的社區發生過偷竊案，他覺得不安全，才希望我搬到環境更單純的社區。可那只是單一事件，後來大樓的保全系統也改得更完善，至今都沒發生過同樣的事，可恆中還是會提，讓我不得不覺得奇怪。」

聽懂她的言下之意，尹邵峯問：「所以妳相信主因還是在 Eric 身上，認為賴恆中是真的在擔心妳跟 Eric？跟妳求婚也包括這個原因？」

她搖搖頭，「我相信恆中會求婚是為了他母親，而且恆中也清楚 Eric 不會喜歡女人。若他真的懷疑，也是在懷疑我吧？明明只要他對我坦承，就有機會解決，但就是等不到他這麼做。這件事我還沒告訴 Eric，也不曉得怎麼跟你提。畢竟 Eric 是你摯友，我不希望這件事影響到你對恆中的看法。」

「那妳現在為什麼決定告訴我？」

「因為我覺得，我也許找到原因了。」她的聲音幾不可聞。

「什麼？」沒聽清楚她那句話，尹邵峯再問一遍。

感受到眼角微微抽動，汪辰榕深呼吸，雲淡風輕改口：「我現在會告訴你，是因為我覺得，我可能真的誤會恆中了。不知道是不是工作太累，我的情緒偶爾會變得很敏感，也會對一點小事大驚小怪。」

尹邵峯彷彿鬆口氣，寬慰她：「那就放輕鬆點吧。你們能夠走過六年，不就是因為你們能做到互相信任？要是真有問題，我相信賴恆中會直接跟妳說。要是妳不想搬家，就跟他說清楚，別一個人胡思亂想。最重要的是，妳對我要是再那麼見外，我真的會生氣喔。」

「好。」眨眨乾澀的雙眼，她繼續望著窗外。

幾分鐘後，電台播放的一首歌吸引了她，是陳奕迅的經典歌曲〈你的背包〉。

陳奕迅的歌聲，讓汪辰榕墜入一段回憶，忍不住再次看向身旁的男人。

「尹邵峯，你不會到現在都還在排斥唱陳奕迅的歌吧？」

「對啊。」

「真的？如果你跟朋友或同事去唱歌，都不會被逼著唱？」

「不會，他們知道要是逼我唱，我會翻臉。之前有個客戶的小孩拜託我唱唱看〈孤勇者〉，我也是拒絕，後來被主管罵了一頓。」

汪辰榕大笑，「你很誇張，何必跟自己的工作過不去？你到底為什麼這麼討厭陳奕迅？」

「我不討厭陳奕迅啊，就只是不想唱他的歌。而且要是我唱了，以後就會一直被拱著唱，那樣很煩，所以我現在幾乎不在別人面前唱歌了。」

「好吧，那也沒辦法。不過我至今都還記得你第一次唱他的歌給我聽，我有多驚為天人。」

尹邵峯質疑，「妳驚為天人？妳當時明明很生氣地打我。」

「廢話，那時我學測沒考好，你偏偏唱〈淘汰〉這首歌安慰我，我當然會生氣。但下一秒又覺得太荒謬，笑到肚子痛，心情就這樣變好了。」

「我先聲明，我不是故意要惹妳生氣，當年他這首歌非常紅，我想妳應該聽過才會唱。我以前只愛聽西洋流行歌，為了鼓勵妳，我才第一次唱他的歌給妳聽。後來妳能在指考拿好成績，上第一志願，就是託我那次加持的福，所以要心存感激。」

「這你也能邀功！」她好氣又好笑，「話又說回來，我好像還沒問你，當初是怎麼發現自己的歌聲跟陳奕迅很像的？」

「是我哥以前的女朋友發現的，我當時國三，有次她來家裡，聽見我在哼歌，覺得我的歌聲跟陳奕迅很相似，就讓我聽他的歌，叫我唱唱看。我才唱一句，她就激動尖叫，誇張地說感覺陳奕迅就在她眼前唱歌。她還說我的歌聲跟陳奕迅早期的聲音根本一模一樣。」

「所以要不是她，你就不會發現自己有這項才能，畢竟陳奕迅的歌聲是公認的難模仿，我能理解她的心情。」

莞爾說完，她有感而發。「這樣跟你聊從前的事，就懷念起高中的時候，那時真的很快樂。」

「怎麼會是感傷的口吻？難道妳現在不快樂？」他唇角上揚。

「也不是這個意思。」她聳肩，眼神變得遙遠。「我只是會想到，我爸那時候還在。我曾跟我爸承諾，將來會買下一棟漂亮的房子給他和自己住，再送一輛全新的車給他，可惜他在我大三時就走了。當我以最好的成績畢業，出國留學，進入人人稱羨的公司，努力地工作賺錢，並在兩年前實現這個諾言，可後來我感受到前所未有的巨大空虛，有種不曉得明天該為了什麼努力的感覺，直到現在都還是這樣。」

尹邵峯在長長的沉默後回答：「妳能在三十歲前靠自己做到這些事，已經非常了不起，妳爸會以妳為榮的。要是暫時找不到未來的目標，不如就想想明天要跟宥亞吃什麼下午茶？怎麼跟Eric抱怨妳男友？運動時間要在家做瑜伽，還是去健身房？睡前要看孔劉，還是朴寶劍的戲？決定好以後逐一完成。哪怕妳明天的目標就只有發呆也行，確實做完這些由妳決定，也能讓妳心情平靜的事就夠了。」

當汪辰榕笑了出來，眼眶也變得濕潤。

「『待辦事項小王子』果真不是叫假的耶。居然這麼用心幫我想出這些。不是該勸我繼續認真工作，為房貸跟車貸努力嗎？」

「妳確定我這樣說，妳的心情會好？」他大翻白眼。

「不然這樣吧，你再親口唱一次陳奕迅的〈淘汰〉給我聽，看看我的心情會不會像以前一樣馬上好轉。」

見他一聲不吭，汪辰榕拍他肩膀。「開玩笑的啦，我不會逼你做討厭的事。但你的建議很有參考價值，我會在睡前決定好的。」

「喔。」他沒再開口。

陳奕迅的歌曲也在此時播畢。

尹邵峯為了專心開車，從頭到尾都沒有轉頭看她，汪辰榕為此感到深深慶幸。

※　※　※

汪辰榕和尹邵峯在高二時成為同班同學。

由於朋友圈不同，兩人起初沒有交集，但透過同學之間的耳語相傳，汪辰榕也知道他的一些特別之處。

身為J型人的尹邵峯，每日會給自己列出十五個以上的待辦事項，而且都能如實完成。他近乎強迫症的優秀執行力，使他得到『待辦事項小王子』這個綽號；他也十分熱衷於研究心智圖，將其套用在各種學習上，國中就憑藉個人興趣通過四種語文能力的檢定考試，而且都是中高水準。他的上課筆記也證明他將這份特長發揮得淋漓盡致，每到考試期間，許多同學都會爭相跟他借筆記。

但最特別的是，據說尹邵峯的歌聲非常像陳奕迅，卻不愛唱陳奕迅的歌，讓汪辰榕覺得他這個人除了嚴謹有條理，還挺有個性。

那年的教室布置比賽，汪辰榕擔任統籌。尹邵峯因為上課打瞌睡，被老師處罰，也成為布置小組的一員。由於他不擅長做布置，汪辰榕就讓他負責採買跟最簡單的剪紙工作。

當時汪辰榕有個身為籃球隊隊長的高三男友，是受到關注的一對，因此汪辰榕跟尹邵峯一鬧出緋聞，很快就傳得眾所皆知。

大家相約週末到學校趕布置，汪辰榕在前往學校的途中和採買完畢的尹邵峯巧遇，兩人便一起同行，還在其他人尚未抵達的教室裡共處一段時間，結果遭到有心人士大作文章、惡意造謠，讓許多人懷疑他們兩人關係並不單純。

為了遏止謠言，汪辰榕的男友要求她將尹邵峯踢出小組，汪辰榕卻不肯為這些毫無根據的愚蠢指控犧牲他，雙方都堅持不讓步。

「如果妳不同意，就表示妳心虛，承認妳跟尹邵峯的確有問題。」男友撂下的這句話，讓她氣得回應：「那你就當作這是事實吧！」對方一怒之下將這件事說了出去，汪辰榕承認跟尹邵峯交往的消息一傳開，尹邵峯直接來找她求證。

「汪辰榕，妳真的跟妳男友那樣說？」

她很愧疚，尷尬道歉。「對不起，我當下太生氣，才衝動說錯了話。」

尹邵峯無奈瞪著她，「我被妳害死了。」

「怎麼了？難道你有女朋友？」

「對啊，就因為妳那樣說，這下她真的誤會我了。我們大吵一架，還在冷戰。」

「你女朋友是誰？」

「五班的陳郁菱。」

「尹邵峯，真的很對不起，我一定會彌補你的。」

汪辰榕不是隨便說說，下一堂下課，她就前往五班，在所有人面前向陳郁菱澄清。

「我是因為跟我男友吵架，才說出那種氣話。我跟尹邵峯真的什麼都沒有，希望妳可以相信他。」她認真看著對方說。

陳郁菱臉色發白，眼神閃爍。「妳、妳說什麼呀？」

「妳不是在跟尹邵峯交往嗎？他說妳誤會我們兩個了，所以我過來證明他的清白——」

「妳不要說了啦！」她突然跳起來大叫，把汪辰榕嚇一跳。陳郁菱雙頰漲紅，頭低到不能再低，她身邊的朋友們更是一臉震驚，彷彿聽到什麼難以置信的事。

隔天午休前，尹邵峯把汪辰榕叫去無人的樓梯間，沉著臉告訴她陳郁菱腳踏兩條船的驚人消息。

「你說真的？」她愕然。

「真的。昨天妳去她班上後，她的朋友私下找我確認，告訴我陳郁菱去年就跟已經畢業的學長交往。陳郁菱為了隱瞞這件事，騙我家裡管得嚴，擔心交往的事會傳到父母耳裡，要我先保密。看她一副乖乖牌的樣子，我也就真的相信了。超級蠢的！」

「那……你為什麼會告訴我？」

「我哪知道妳真的會去她班上找人？雖然很丟臉，但多虧妳，我才沒有繼續被蒙在鼓裡，所以就扯平了吧。我只是想跟妳說這件事，妳回教室吧。」

「你不回去？」

「我心情不好，想在這裡待一下。」

見尹邵峯靠著圍牆，臉埋入雙臂之中，汪辰榕默默走掉，幾分鐘後，她帶著兩瓶冰涼的烏龍茶回來，給他一瓶。

兩人之後坐在光影交錯的白色階梯上享受陽光和微風，汪辰榕好奇問：

「你會原諒陳郁菱嗎？」

「怎麼可能？昨晚她傳訊息求我原諒，我臭罵她一頓就封鎖她。聽說她的正宮男友也已經知道這件事，把她甩了。」尹邵峯冷哼，反問她：「那妳原諒學長了嗎？」

「我們已經分了。」

「啊？為什麼？」他意外。

「什麼為什麼？你不是也跟陳郁菱分手了嗎？」

「妳跟我的情況又不一樣。妳只是被對方誤會，又不是被劈腿。誤會解開不就好了？難道他到現在都不肯相信妳？」

她搖頭，「他可能也知道自己錯了，後來有主動傳訊息給我，卻沒有為那件事道歉，想當作什麼事都沒發生，我就直接提分手了。」

「幹麼這樣？妳真的不喜歡他了喔？」

「就是因為喜歡才更心灰意冷。發生這件事以前，我都不知道他是個會被這種可笑謠言影響，甚至不惜逼我二選一的人。」

「妳是指把我踢出布置小組的事吧？其實妳可以照他說的做，我不會在意，何必真的因為我的關係過不去？」

「這不單純只是因為你。就算我們這次順利和好，我也會開始想，今天他可以為了消滅自己的不安，不去正視真相，更不顧我的感受，逼我拿無辜的你開刀，那將來碰上比這更嚴重的事，我們鐵定也會爆發更嚴重的衝突。想到最後，我就越來越沒信心可以跟他度過這些難關。與其在最惡劣的情況下分手，不如現在就結束，對彼此比較好。」

聽完這席話，尹邵峯看她的眼神匪夷所思。「汪辰榕，想不到妳這麼悲觀。」

「我以為你會說我懂得未雨綢繆。但如果你認為這是悲觀，那就是悲觀吧。我一點也不覺得悲觀有什麼不好，它可以讓在我遇到壞事的時候做好心理準備，不至於太難過。」

「真的？所以妳跟男友分手後，沒有很難過？」

「對啊。」話才說完，一顆豆大淚珠無預警從她眼中掉落。她尷尬轉頭，不敢將臉面對他。

尹邵峯揶揄她，「汪辰榕，妳不懂悲觀，還會口是心非。」他拿出一包面紙給她。「妳很幸運，我屁股口袋裡剛好有面紙。拿去用吧。」

「你這樣說誰會想用！」用手臂擦乾臉上的淚，汪辰榕怒視臉上在笑的男孩，搶過他手中的面紙包，砸回他身上。

隨著兩人漸漸成為無話不談的朋友，汪辰榕也親身體悟到男孩極端的Ｊ人性格。除了能完成每天安排好的待辦事項，她最欣賞的是他從不會用同樣的標準要求別人，認定他是個值得信任的人。因此後來也願意向對方坦承，自己的個性會偏悲觀，還對「被迫選擇」這種事深惡痛絕，是受到她父母離異，還有母親帶給她的陰影，以及長達五年寄人籬下的影響。

某次兩人邊喝烏龍茶邊在教室裡聊天，聽她說完國中時被迫在朋友A跟朋友B做選擇的往事，尹邵峯拋出一個問題：「如果當時兩個人都叫妳選擇，妳會選誰？」

汪辰榕思考後認真回答：「我兩個都不選。我不想要因為選擇其中一人，就從此對另一人懷抱疙瘩跟歉疚，那對我是最痛苦的事。而且要是我選擇的那一方最後反過來傷害我，我會更無法接受。」

「妳選的那個朋友後來有傷害妳？」他聽出她話裡的端倪。

「有啊，在我因為那件事跟A決裂後，不久就聽到B跟別人說我的壞話。後來我幾乎不敢再交朋友，也習慣跟別人保持距離，結果被說很冷漠，是個薄情的人。」

「既然妳跟別人保持距離，又是怎麼跟妳前男友走到一起的？」他好奇。

「之前的籃球隊經理，是我國中就認識的學姐，她請我幫她一段時間，我才會認識前男友。他對我很好，很關心我，會在許多事情上支持我，讓我慢慢願意接受他。但經過你的事，我才看見他之前沒讓我知道的一面，確定自己果然又錯看了人。」

「妳不會因為這件事，不敢再交男朋友了吧？」

「有可能。你是不是又想說我太悲觀？」

「還好啦，我現在算是能稍微理解妳。」

「為什麼？」

「妳知道我是喜歡遵循計畫做事的人，為了完成目標，我也會把可能妨礙計畫的因素考慮進去，做好風險管理。所以妳為了保護自己，考慮得比別人多，這一點我認為算是跟我不謀而合。」

汪辰榕愣愣看著他，不禁問：「那你若發現計畫進行得不順利，會全部放棄掉嗎？」

「我很少這麼做。就算是我，也知道不可能每件事都能照著自己的心意走，所以若發現計畫不如預期，我就盡力調整到能重新掌控，確定真的救不回才放棄；我熱愛做計畫，但要是完全被計畫控制，變得綁手綁腳又不開心，那就本末倒置了。所以，妳要是因為過去的陰影把自己封閉起來，不敢再接受別人，我是認為很不值得。也許妳明天就會遇見妳在等待的那個人啦，對自己有點信心吧！」

不確定是不是因為眼前男孩身上披著燦爛陽光的關係，聽到尹邵峯正向溫柔的鼓勵，汪辰榕感覺籠罩在心上的烏雲彷彿真的開始散去，並降下一道光線。

「汪辰榕，妳怎麼眼眶紅紅的？該不會被我感動到想哭了？」男孩打趣道。

「才沒有咧！」她給他一個白眼，收拾好情緒後伸手。「你用來寫每日待辦清單的記事簿借我一下。」

對方交出去後，汪辰榕就在自己的筆記本上埋頭書寫，將那一頁撕下，塞進男孩的記事簿裡，還回去時告訴他：「我也寫了一份待辦清單給你，你一定要確實完成。」

她寫給他的清單內容分別是：

對方心情不好，就請對方喝烏龍茶。

吵架了要好好溝通，好好道歉，不能冷戰。

絕不能逼對方做不願意的事。

要一直當好朋友。

「汪辰榕，這是哪門子的待辦清單？明明是生活規章吧！」男孩看著那張紙條，笑得停不下來。

「隨便啦，反正我寫的這四點不僅限於今天，往後的每一天都要做到。說好了喔！」

訂下這些規則後，有天兩人真的吵了一架。但即使雙方都在氣頭上，他們還是會默默把一瓶烏龍茶放在彼此的課桌上；有次尹邵峯主動傳訊息跟她溝通，汪辰榕賭氣不回，男孩就把她那張字條的照片傳給她看，讓她不得不拉下臉。

也多虧汪辰榕當時的這個決定，今後兩人無論吵得多兇，也會在三天內和好，即使是十幾年後也依然如此。

學測成績公布的那天，汪辰榕因為沒能拿到理想成績，忍不住在尹邵峯面前掉淚。眼看怎麼安慰都沒用，尹邵峯主動為她做了一件從未做過的事，他唱了陳奕迅的〈淘汰〉給她聽。

聽見他的歌聲，汪辰榕立刻不再哭泣，呆呆盯著他不放。男孩唱完後，她先是氣得不停打他的手臂，接著又笑得不能自已，重新打起精神。

國三時，汪辰榕終於離開姑姑家，跟著父親搬進新的租屋處，擺脫寄人籬下的日子。同年，她的母親也傳出再婚，並生下一個女兒。當母親聯絡汪辰榕，希望她能見見妹妹，汪辰榕沒有答應，並想盡辦法迴避，更不曾再主動聯繫對方。

不再對母親抱有期待後，汪辰榕跟父親的關係變得比過去親密，還將尹邵峯介紹給父親認識，但父女倆的幸福日子僅持續到汪辰榕二十一歲那年。

那天她開著父親的車，前往尹邵峯就讀的大學，接到父親老闆打來的電話，得知父親因血糖過低引發癲癇，在工地發生意外，驚慌之下打給尹邵峯，對方卻遲遲未接。

留言給尹邵峯後，她也因為分神，來不及閃過從前方巷口竄出的來車，緊急轉彎後車子失控撞上騎樓的柱子，受傷昏迷的她跟父親被送到同一間醫院，她成功獲救，父親卻沒有。她醒來後，從趕來的尹邵峯口中得知自己已和父親天人永隔，內心悲痛欲絕。

父親的離世讓她深陷低潮，畢業後決定去澳洲遊學兩年，並在那裡認識大她兩歲的賴恆中，回國後展開交往。同年，汪辰榕透過尹邵峯的介紹認識他的大學好友 Eric。尹邵峯交了女朋友後，她跟 Eric 也成為鄰居，並漸漸將對方視為摯友。
汪辰榕二十七歲那年，賴恆中將表妹艾瑪介紹給尹邵峯，並積極撮合兩人。艾瑪與汪辰榕同齡，熱情直爽好相處，汪辰榕很喜歡她。艾瑪跟尹邵峯僅認識一年就決定結婚，雖然各自都有對象，一群人還是經常聚會，她跟尹邵峯的交情沒有就此變得疏遠。
這次去東京出差前，汪辰榕以為自己跟尹邵峯的友情會永遠持續下去，如同兩人年少時許下的承諾。

※　※　※

將熱炒店的料理重新熱過當午餐，汪辰榕吃飽後就到附近商店買點心，準備下午招待客人。
兩點門鈴響起，門外站著兩名清秀少女，跟一名身材高大的男子。
「姊姊，我們在樓下遇到 Eric 哥哥，就一起上來了。」
與汪辰榕五官神似的短髮女孩開心說完，跟她介紹身旁的友人。「她叫陳儀寧，是我學姐，大我一歲，我想讓她第一個認識姊姊。」

汪辰榕向這名氣質出眾的長髮少女親切問好，就讓她們進屋。

兩個女孩在客廳聊天，Eric 走到準備點心的汪辰榕身邊，打量她。「妳怎麼出國一趟就瘦這麼多？在東京沒吃飯？」

「我有吃啊。對了，昨晚我跟尹邵峯吃熱炒，他讓我打包一堆回來，但我吃不完，你等等帶一點回去好不好？」

「好啊，尹邵峯沒有要來？」

「我有邀他，但他認為宥亞找你，可能有重要的事，所以決定晚點過來。」

「喔。」Eric 轉身走向她們，開門見山問：「宥亞今天找我有什麼事嗎？」

原本談笑風生的女孩們瞬間變得拘謹又緊張，看見她們害羞牽手的模樣，汪辰榕跟 Eric 互看一眼，眼底流露著驚喜。

「我想跟姊姊還有 Eric 哥哥說，我跟儀寧學姐在交往。我從國一就很欣賞學姐，在昨天跟她告白，打算明年去她的高中。」

吳宥亞的視線接著停在 Eric 臉上，「我除了想親口告訴你們這件事，也想問 Eric 哥哥，你以前是怎麼向父母坦承自己喜歡男生？又是如何讓他們接受的呢？是不是經歷過很多困難？」

「沒有喔，我父母從不介意我是同志，很尊重我。」對上女孩深深羨慕的眼神，Eric問：「妳們的家長都反對？」

「沒有，儀寧學姐說，她的爸媽算開放，但我不是。我曾經跟媽媽一起外出，看見兩個女生在路邊接吻的畫面。那時媽媽跟我說，我絕對不許變成那個樣子。不曉得媽媽是不是察覺到什麼，才會那樣警告我。」

Eric聞言，看了汪辰榕一眼，她沒有反應，只是默默凝視妹妹失落的表情。

十五歲那年，得知母親生下了妹妹吳宥亞，汪辰榕毫不關心，更不曾答應母親跟妹妹見面的要求。父親告別式那天，母女倆再見面，母親又重新提到這件事，被汪辰榕斷然拒絕，引來母親憤怒地斥責：「妳怎麼會變成這麼絕情的小孩？」

她和母親大吵一架，也讓母親知道自己過去被她傷得有多深，之後再聽聞母親的消息，已是六年後，而且是在意想不到的情況下。

她在某天深夜接到十二歲的吳宥亞打來的電話。女孩用怯弱稚嫩的聲音告訴她，自己在母親的手機裡看過姊姊的號碼，便決定偷偷打給她。

汪辰榕覺得不對勁，問母親人在哪裡，得知母親竟然把吳宥亞一個人丟在家裡，和朋友出去喝酒，而且已經不是第一次。吳宥亞因為內心寂寞，忍不住打給素未謀面的姊姊，想和她說說話。

汪辰榕那時才知道，母親在兩年前就和第二任丈夫離婚，並讓吳宥亞跟著她，卻不常陪在女兒身邊，經常放她獨自在家；看到母親不僅讓吳宥亞在和自己相同的年紀裡嚐到父母離異的痛苦，還讓她經歷跟自己相同的孤單，汪辰榕感到無比憤怒。

不願跟母親接觸，卻又在意與自己同病相憐的妹妹，她的內心陷入掙扎，並將煩惱告訴賴恆中跟尹邵峯。賴恆中建議，若她擔心妹妹，還是親自聯絡母親比較好，尹邵峯則是沒有給她意見，卻在幾天後直接帶著吳宥亞出現在汪辰榕的眼前。

尹邵峯透過吳宥亞的社群聯繫到她，再藉由女孩跟對方母親見面，順利取得對方同意，讓他帶女孩過來跟汪辰榕見面。

「你為什麼要這麼做？」尹邵峯送女孩回去後，汪辰榕打電話給他，想問清楚。

「我看得出妳擔心宥亞，告訴艾瑪這件事後，她就提供了這個主意。」他輕描淡寫道。

「可是……你們怎麼不是叫我聯絡我媽，而是直接幫我找人呢？」她深感不解。

「妳不是不想跟妳媽見面？妳不願意做的事，我不會逼妳。我們不是很早以前就說好了？」

汪辰榕怔怔然，忍不住再確認。「這真的是艾瑪的主意？」

「是啊。艾瑪說宥亞這個年紀的小孩，身邊應該要有人關心，否則要是到網路上去認識一些奇奇怪怪的人就危險了，所以很積極地想幫忙。今天多虧她一起去見妳母親，妳媽才願意相信我們不是壞人，放心讓我們帶宥亞來找妳。」

「真的？你沒騙我？」

尹邵峯笑出來，「我有什麼好騙妳的？妳可以跟艾瑪確認。艾瑪本來就很熱心，知道妳為此煩惱，自然會樂意幫妳，妳不用放在心上。」

「是嗎？那就好……」

汪辰榕後面的沉默，讓尹邵峯察覺到什麼，調侃地問：「汪辰榕，妳該不會在懷疑這其實是我的主意，卻故意說是艾瑪的吧？」

她心一跳，「我、我又沒這麼講！」

「少來，當我不了解妳？妳是不是以為，我是怕艾瑪可能誤會什麼，才決定對妳這麼說？」汪辰榕還沒回答，他就認真告訴她：「艾瑪本來就清楚我跟妳的交情，不會因為我們的關係就胡思亂想，這點我跟妳保證。」

汪辰榕跟他道謝，並傳訊息給艾瑪，從對方的回應確定尹邵峯所言非虛，便也向她表達謝意，然後放下這件事。

因為尹邵峯跟艾瑪的熱心，讓汪辰榕跟妹妹有了接觸，有時還會讓妹妹帶好朋友到家裡玩，或是一起參與大人們的聚會。

懂事的吳宥亞知道姊姊跟母親感情不睦，鮮少跟她談論母親的事。然而汪辰榕還是能從妹妹偶爾謹慎吐出的隻字片語中，得知母親似乎是因為她在父親告別式上跟她說的那些話，才會在跟第二任丈夫離婚後，堅持把吳宥亞留在身邊；女孩也曾隱晦透露，母親其實會因為大女兒這些年來的刻意疏離，感到傷心跟寂寞。

即使女孩不曾直接說出口，汪辰榕也知道，妹妹希望她跟母親能言歸於好，但她只能逃避妹妹眼中閃過的期盼，讓已經結痂的傷口繼續留在原處。

到了三十歲的現在，她發現自己對一些事情的看法，似乎已然改變，眼睛也看得比過去更透澈。

不管是對母親的事，還是尹邵峯的事……

「姊姊？妳怎麼了？」

吳宥亞的呼喚讓汪辰榕一顫，對上兩個女孩跟 Eric 的視線，才知道自己不小心走神了。

陳儀寧去洗手間時，Eric 告訴女孩說：「宥亞，有件事要通知妳。邵峯哥哥跟艾瑪姐姐不久前離婚了，艾瑪姐姐也已經搬到國外，跟她的新對象一起生活。」

女孩大吃一驚，「真的嗎？」

「對，但他們還是好朋友。所以妳下次見到邵峯哥哥，不必覺得尷尬，平常地面對他就行了。知道嗎？」

「知道。」女孩乖巧點頭，忽而深深看了姊姊一眼。

不知為何，汪辰榕覺得自己似乎知道那抹眼神的含意。

四人度過愉快的午後時光，女孩們還有其他行程，一小時半後就離開。

Eric 從冰箱裡拿出兩罐啤酒放桌上，開口問：「宥亞跟她女朋友的事，妳怎麼想？」

「什麼？」汪辰榕不明白他的意思。

「我是覺得，如果妳願意為了宥亞跟妳母親談談，也許她不會激烈反對她們的戀情，畢竟妳媽一直希望再跟妳接觸。不是嗎？」

見汪辰榕沒有回應，他拿起自己的手機。「不知道尹邵峯要過來了沒，我問他一下。」

「Eric，可以等一下嗎？我有話想跟你說。」她即刻說。

「喔，昨晚的牢騷是吧？好啊，妳說吧。」他放下手機，打開啤酒坐下。

聽完賴恆中跟汪辰榕求婚的事，Eric 想也不想就道：「那就只能分手啦。」

汪辰榕苦澀一笑，「你果然也這麼想？」

「不然妳願意妥協嗎？妳說過，妳是因為看了父母的婚姻，加上妳和宥亞的遭遇，讓妳決定必須在假設只有自己獨自扶養孩子，也不會有問題的前提下，才會認真考慮這件事，而現在對妳來說根本還不是時候吧？雖然有人會覺得妳的想法很悲觀，但我倒是贊同妳。同時也有點好奇，要是妳這時真的意外有了孩子，會怎麼做？」

「以前我跟恆中聊過這話題。我告訴他，雖然我不想生孩子，但要是真的意外懷上，我也做不到去拿掉，所以我一直以來都很謹慎小心，避免讓這種事真的發生。」

「那妳告訴尹邵峯後，他怎麼說？」

「什麼也沒說。」她話聲沉靜，「最近我才發現，每當我面臨某些重要的抉擇，他都不會直接給意見，而是在不久後用行動告訴我他認為對我最好的答案，有時甚至不會讓我知道這是他的安排，彷彿刻意不想讓某些人誤會，不知道這次是不是也一樣。」

Eric 停頓兩秒，不動聲色。「有這回事？」

「有啊，像我猶豫大學畢業後是否要出國，他不是說服我盡早下定決心，而是直接幫我整理好在國外生活的一切須知，還讓我認識他住在澳洲的親友，確保我在那裡有人照應。我記得尹邵峯以前不是這樣的人，好像在我出車禍之後，他就出現這種轉變，你知道原因嗎？」

「幹麼問我？」

「你是他當時最好的兄弟啊，若他有發生什麼事，你應該會知道吧？」

Eric 默默喝酒，沒回答。

見狀，汪辰榕也沒追問，繼續說下去：「我能跟恆中交往六年，其實是託尹邵峯的福。曾經我只要在感情上受到一點傷，就會想放棄，但跟尹邵峯十多年的友誼，教會我如何維持一段關係，讓我跟恆中在經歷過無數次磨合後順利走到這裡；當恆中向我求婚，我都還抱著一絲希望，直到昨天晚上，恆中知道我在開車，仍急著在電話裡向我索要答案，彷彿看不到其他的事，那一刻我才真的看見這段感情的盡頭，確定這次只能結束。」

語落，她叮嚀 Eric：「別告訴尹邵峯喔。要是他知道恆中這樣做，一定會生氣。我不想讓他對恆中不諒解。」

「好啦。」他放下啤酒罐，「說到這個，我有個問題想問妳。」

「什麼問題？」

「妳之所以那麼不喜歡在開車時講電話，是因為以前那場車禍造成的陰影，還是妳知道尹邵峯非常不喜歡妳這樣做，才變得反感起來？」

汪辰榕久久不語，「你想問什麼？」

「我只是想確認，妳知不知道自己被那傢伙影響的地方究竟有多少？」

Eric 重重嘆氣，「好啦，別拐彎子了，有什麼話就直說，妳不是只想告訴我這些事吧？」

面對那雙彷彿洞悉一切的眼眸裡，汪辰蓉闔上酸澀的眼，握緊啤酒罐。

「其實這次我去東京，艾瑪她——」

手機的來電鈴聲打斷她的話。

發現是尹邵峯，她接起來，不久臉色一變，起身打開一樓的門。

尹邵峯帶著剛剛離開的兩個女孩出現，吳宥亞雙眼紅腫，立刻鑽進姊姊的懷裡哭泣。

「發生什麼事？」汪辰榕大吃一驚。

尹邵峯主動解釋，「來這裡的路上，我看見宥亞跟她朋友小潔在路邊吵架，兩人不歡而散。宥亞說她想回來找妳，我就帶她來了。」

由於女孩的情緒遲遲無法平復，便由陳儀寧向他們解釋發生的事。這天吳宥亞除了帶女友見汪辰榕，還找了摯友小潔在附近見面，準備向她宣布兩人的關係。孰料小潔得知這個消息，竟是怒不可遏，甚至放話威脅，如果她跟學姐交往，她們就不必再做朋友，讓吳宥亞大受打擊。

吳宥亞哭哭啼啼地說，小潔一直知道她暗戀學姐，還曾鼓勵她放手追求，因此她想不透，為何小潔會一改態度，如此激烈地反對；更不明白為何她跟學姐交往，她和小潔的友誼就無法持續？一個是喜歡的人，一個是最好的朋友，殘酷的抉擇令她痛苦不已，不知如何是好。

面對傷心欲絕的女孩，三個大人不置一詞，不約而同沉默。

一小時後，尹邵峯開車送女孩們回去，Eric 也跟著離開。

晚上，吳宥亞打電話給汪辰榕，為今天造成她困擾的事道歉。

「沒這回事啦，妳現在還好嗎？」
「嗯，邵峯哥哥有安慰我，所以我心情有好一點了。」她用略帶沙啞的聲音問，「姊姊，妳會跟恆中哥哥結婚嗎？」
她一愣，「怎麼突然這麼問？」
「喔……因為我跟邵峯哥哥有聊姊姊的事，才發現妳跟恆中哥哥已經在一起六年了，所以有點好奇你們最後會不會結婚。」
簡單閒聊幾句後，她們就結束通話，汪辰榕看著漆黑的手機螢幕很長一段時間。

請了下午的假，汪辰榕和賴恆中去醫院探望他的母親。
賴母問他們何時結婚，賴恆中回她這個月就會去登記，賴母高興地緊握汪辰榕的手，表示希望明年就能看到他們的第一個孩子。
迎上汪辰榕的眼睛時，賴恆中默默使了眼色，請她先配合他的謊言。
離開醫院兩人一路沉默，直到踏進汪辰榕的家，賴恆中才對她道歉。
「妳也看到了，我媽真的很期待我們的婚事。她不久前才陷入憂鬱跟自暴自棄，我實在不忍心說出讓她更難過的話，妳懂我的心情吧？」

「等你母親發現這些話都是謊言，就不會更難過？」她面無表情。

賴恆中的目光鎖著她不放，「妳真的不能接受我媽的心願？」

「對，我真的不能。」

站在餐桌前動也不動，她深深闔眼再張開，直視他的眼睛。「我很抱歉，恆中，我們分手吧。」

他眸光不動，「妳不愛我了？」

「我愛你，但我沒辦法做出違背內心的事。你很了解我，我相信你在開口跟我求婚的那一刻，也已經有我們即將結束的預感了吧？」

賴恆中沒有否認，用漫長的沉默回答她。

「好，分手吧。」他眼角含淚，給她一個微笑。「妳家還有沒有啤酒？我希望妳今天能陪我盡情喝一杯，畢竟是最後一次了。」

她紅著眼眶答應，還到廚房準備賴恆中喜歡的下酒菜，盡可能為兩人的最後一日畫下美好句點。

桌上擺滿空的啤酒罐，兩人最後喝到癱在沙發上，繼續談笑風生。

當汪辰榕躺下休息，不久就感覺到男人貼近的炙熱氣息，對方的雙手撫摸著她的身體，動作越來越大。

察覺到他的意圖，汪辰榕提醒：「慢著，恆中，我還沒吃藥。」發現對方沒有回應，更沒有停下動作，她一秒醒神，開始阻止他。「恆中，放開我，你不要碰我！」

「為什麼我不能碰妳？」他大吼，「妳之前說過，就算妳還不想有小孩，但要是不小心懷孕，還是會生下來。那我就真的這麼做，這樣妳就會留在我身邊了吧？」

汪辰榕震驚，狠狠咬他的手，將他推下沙發後逃到窗邊，離他遠遠的。

被咬的劇烈疼痛讓賴恆中清醒不少，看著臉色蒼白，躲在角落的汪辰榕，才意識到自己做了什麼，眼底一片羞愧。

「辰榕，對不起，我……我喝醉了，不是有意說出那些話的！」

為了不再帶給她更多驚嚇，賴恆中說完這句就拿起自己的東西，頭也不回離開屋子。

兩週後，賴恆中的母親傳出噩耗。

由於賴母強烈表現出想回家的念頭，她的家人便帶她返家一陣子。沒想到，第三天賴母就在家中摔跤，這一摔不僅讓身體虛弱的她陷入昏迷，更讓她的狀況急速惡化，撐不到一週就過世了。

賴母告別式那日，尹邵峯、Eric跟吳宥亞都來現場弔唁，汪辰榕更是自始至終陪在賴恆中身邊，協助他處理母親的後事。

告別式結束，他們兩人坐在會場附近，連日的辛苦讓賴恆中有些憔悴，但精神還不錯。

「辰榕，謝謝妳這段時間陪著我，之前的事我還來不及跟妳道歉，希望妳肯原諒我。」

「沒關係，我早就沒放在心上，也知道你不是故意的。你還好嗎？」

「嗯，坦白說，我其實沒有太難過，反而有點高興。因為我媽這個人很怕疼痛，後面的療程只會讓她越來越痛苦，我不認為她能夠承受得住。她能在承受更多病痛之前，就這樣安詳離開，讓我感到慶幸。」

語落，他深深看她。「雖然現在說這種話很不應該，但我真的想知道，我媽離開後，妳還是不能回到我身邊嗎？」

汪辰榕回應他的，是肯定回答：「對，不能。」

「為什麼？」

「因為我在不久前得知一個秘密，那個秘密讓我沒辦法像過去一樣，毫無介懷地留在你身邊，那樣對你不公平，我也不想要欺騙你。對不起。」
賴恆中沒有直接問她是什麼秘密，只說：「跟邵峯有關嗎？」
見她愣住，他露出了然於心的笑容。「其實我也有幾個秘密瞞著妳，現在我告訴妳吧。妳不是懷疑過我討厭 Eric？那是真的，因為他曾經為了邵峯威脅我。」
她瞠目，「這是什麼意思？」
「在邵峯跟艾瑪結婚，妳跟 Eric 也變成鄰居以後，有一天 Eric 告訴我，雖然他喜歡男人，但是也喜歡妳。如果我希望他什麼都不做，就別讓妳知道這件事，否則他會親手破壞我們和諧的關係；我之所以希望妳搬出他那裡，就是這個原因。不過後來我發現，那可能不是 Eric 的真心話，他應該是看出我早就想讓邵峯從妳身邊離開，才處心積慮撮合他跟艾瑪在一起，並在他們真的結婚以後，對我展開小小的報復，讓我在解決邵峯這個心頭大患之後，又多一個危險的威脅，而這也是他想守護邵峯心願的做法。」
「你說……尹邵峯的心願？」
「對，如果我沒想錯，邵峯應該是在明白我心思的情況下，故意配合我的。而他這麼做，為的就是不希望有一天，我會逼妳在我跟他之間做選擇，因此盡力消滅自己對我的威脅性；我想 Eric 是知道他的想法，才會對我那麼說，企圖把我的注意力轉移到他身上。因為這麼一來，他就能保護邵峯想繼續守著妳的這個願望了。」

汪辰榕喉嚨滾燙，眼眶逐漸濕潤，濃烈的情緒在胸口翻騰。

「你有明確的證據嗎？你怎麼確定尹邵峯真的有這個願望？」

「上次去醫院探望我媽之前，我有找邵峯喝酒。他已經知道我跟妳求婚的事，我還狡猾地哀求他說服妳同意嫁給我，但他拒絕了。他說這件事只能由妳自己決定，他不會逼妳做不願意的事，也希望我別這麼做。不管我跟妳是決定攜手克服這次難關，還是決定分手，他都不會干涉，只求我絕對不要做出傷害妳的事。我就是從那時候看出邵峯比我想的還要更珍惜妳，而這也深深激怒了我，導致我後來犯錯，對妳做不該做的事，說出不該說的話；我相信妳沒把我的失態告訴邵峯，若他知道了，一定不會原諒我的。」

他凝神觀察她的表情變化，「看妳這反應，想必妳也知道邵峯對妳的真心了，而且是在我認識妳以前就已經開始。妳真的完全感覺不到嗎？」

她咬唇，「他從來就沒讓我知道，我也不明白他幹麼這樣。」

「如果邵峯有苦衷，妳可以去問 Eric，我覺得他知道答案。當我發現邵峯的真實想法，他跟艾瑪是怎麼一回事，我大概也猜得到，畢竟我從小就清楚艾瑪的個性。妳去跟邵峯本人求證吧。」

語落，他給她一個溫柔的擁抱。「辰榕，這六年謝謝妳了。」

跟賴恆中分手後，汪辰榕隔天去找 Eric，把兩人的這段對話告訴他。

Eric 毫不猶豫承認賴恆中說的都是事實；尹邵峯確實從以前就一直喜歡著她，他也確實為了尹邵峯對賴恆中下過馬威，讓她聽完思緒停滯，難以順利思考。

「尹邵峯從什麼時候開始喜歡我的，你知道嗎？」她問。

「他說是在妳學測成績放榜那天，唱陳奕迅的歌安慰妳，妳哭著哭著，最後卻笑得停不下來的時候，就開始對妳動心的。」

汪辰榕沒想到竟是那麼久以前，胸口不禁隱隱作痛。

「那他一直不對我表明，是因為害怕破壞我們的關係？」

「一開始是這樣沒錯，不過，他後來還是決定向妳表白，而且還剛好是妳大三出車禍的那一天。」在她愕然的眼神下，Eric 娓娓說起那段往事。「當年尹邵峯找妳參加我們學校的校慶，是因為他有為妳準備一場表演，沒想到妳卻在前來的路上發生車禍；當尹邵峯發現妳是在傳語音訊息給他之後就出事，受到很大衝擊，也相當自責，往後會嚴格禁止妳開車講電話，也是這個原因。」

「那個大笨蛋，這又不是他的錯。」

想到這份陰影至今都還深深影響著尹邵峯，汪辰榕不禁眼圈發紅，氣惱的語氣裡流露出一絲不捨跟心痛。

「我也是這樣跟他說，但他聽不進去。我想他就是對妳太愧疚，才決定放棄對妳表明心意。我認識妳以後，他告訴我絕不能讓妳知道，連為妳準備許久的計畫都跟著捨棄了。」

「什麼計畫？」她疑惑。

「那傢伙不是最愛做計畫的J型人嗎？我大二時就看過他親手製作一份專屬於妳的待辦清單，內容包括要跟妳去聽哪個歌手的演唱會、到哪個歐洲國家旅行，或者是完成馬拉松全馬、挑戰高空彈跳之類的。總之，只要是你們曾說好要一起體驗的事，以及他自己想要為妳做的事，他都一一記住並認真規劃。我記得他還有一個被他列為最重要的待辦事項，就是幫妳從妳母親的陰影走出來。因為他認為只有那麼做，妳才能真正獲得幸福。」

汪辰榕再度失聲，眼眶的淚讓她一度看不清 Eric 的臉。

「你說的那個待辦清單，尹邵峯還留著嗎？」

他無奈搖頭，「妳出車禍後，我沒再見他拿出來，當我問他，他就說已經沒有了。但我後來發現，他居然有提供一份簡易版清單給賴恆中，讓他帶妳去做那些妳想做的事，真是沒藥救的笨蛋！我想賴恆中就是從那時起越來越介意他，不惜把自己的表妹介紹出去。說到這個，妳之前不是提到妳跟艾瑪在東京怎麼了？後來就沒說下去。」

「對。」她低語，「艾瑪在我到東京的第一天就打給我，除了向我宣布她已經跟新對象搬到國外，還說她跟尹邵峯其實沒有結婚。」

Eric 被啤酒嗆到咳嗽的反應，證明他對此事絲毫不知情。

「妳講真的？」

「嗯，艾瑪說她跟尹邵峯變熟後，就知道他早有個暗戀多年的對象，也知道尹邵峯擔心對方跟男友的關係，會因為他出現變數，於是艾瑪就主動提議演這場戲；甚至艾瑪遇到他現在的對象，也不介意繼續演下去，可因為她必須離開臺灣，遲早紙包不住火，所以她沒跟尹邵峯商量，就向你跟恆中放出自己出軌的假消息。艾瑪最後告訴我，她之所以選在這時候告訴我真相，是因為她知道恆中的母親生病，也知道恆中已經向我求婚。但自始至終，她都沒直接說出尹邵峯喜歡的人就是我，要我自己去確認答案。」

「妳的意思是，艾瑪是料到妳跟賴恆中這次必然走向分手，才會告訴妳，這表示她希望妳能夠知道尹邵峯的心意。」Eric 用肯定句說。

「也只有這個答案了吧？我在東京的時候，沒有一天不在想這件事。當我意識到尹邵峯暗戀多年的人是我，再想到他曾擔心自己變成我跟恆中之間的阻礙，過去曾讓我想不通的一些事，包括恆中突然間對你有敵意，就變得有跡可尋了。還有一件事讓我很吃驚，艾瑪跟尹邵峯是假結婚，宥亞很早就知道了。」

「宥亞？」Eric 錯愕。

「對，艾瑪說半年前，她不小心讓宥亞發現她身分證上的配偶欄是空白的，她給宥亞的解釋是，他們有不得已的苦衷，請她別說出去，尤其絕對要對我保密，後來艾瑪也將宥亞知道的事通知尹邵峯；除此之外，艾瑪還坦承，當初他跟尹邵峯找上我媽，帶宥亞來見我，其實是尹邵峯的主意，為了不讓我或恆中有其他聯想，艾瑪才說是她提議的。其實，當時我就懷疑過這件事，但直到現在才得到證實。」

想起吳宥亞從 Eric 口中聽聞那兩人離婚的消息後，對她投去的那深深一眼，汪辰榕心裡便認定這個聰明的女孩也許已察覺到什麼。

「天啊，艾瑪這女人真的讓我刮目相看。」Eric滿臉佩服，接著問她：「那妳現在打算怎麼做？」

「我不知道自己有什麼打算，但是有想要知道的事。你剛剛說，尹邵峯以前有為我準備一場表演，可以告訴我是什麼嗎？」

「我有留著當時幫他錄下來的影片……如果妳真的想知道，我就去找，今天傳給妳。」他認真對她說。

汪辰榕下定決心道：「好。」

晚上收到來自九年前的一段影音檔，她發現那是21歲的尹邵峯，一個人站在校園搭建的舞台上，拿著麥克風唱歌的畫面。

聽見他用酷似陳奕迅的歌聲，為了她獻唱陳奕迅的告白情歌，汪辰榕久久無法停住淚水。

你走過繁花盛開的年輕 懷抱著對愛的憧憬
不小心卻把一場夢 遺落在迷路的森林
如果愛只會讓你更傷心 失去也算一種幸運
不要放棄一片天空 只為了一顆遠離的心

你習慣用你任性的心 壓抑沸騰的情
看待未來充滿懷疑與宿命
用冷漠的表情穿越過匆匆人群
拒絕再留下任何腳印

我希望能夠為你撫平 能夠讓你相信
還有一顆真心值得你回應
只要你願傾聽 在我心底的聲音
讓愛在我的懷抱甦醒 永遠都天明

週末，汪辰榕約妹妹一起吃飯，說出她和賴恆中分手的事，以及她已經知道艾瑪跟尹邵峯假結婚的真相。

「妳之前問我會不會跟恆中結婚，有別的原因吧？妳可以老實跟我說。」

吳宥亞有些緊張，咬唇後吶吶回答：「當艾瑪姐姐跟我說……這件事尤其要瞞著姊姊妳的時候，我一直很好奇是為什麼，後來就懷疑邵峯哥哥說不定是喜歡妳的。之前邵峯哥哥開車送我回家，我有鼓起勇氣問他，大概是覺得騙不了我了，邵峯哥哥承認他從高三就喜歡妳。我問他為何不跟妳告白，他說，他曾經帶給妳很深的傷害，覺得自己已經沒那個資格；邵峯哥哥還說，姊姊妳從以前就最討厭在重要的人之中做選擇。他不想讓姊姊因為他，再次面對同樣的痛苦，才會跟艾瑪姐姐一起騙我們。」

不敢繼續直視姊姊的眼睛，女孩愧疚說出真心話：「雖然我也很喜歡恆中哥哥，可當我知道邵峯哥哥這麼多年來都無法對姊姊說出心意，就覺得好難過。加上是因為邵峯哥哥的幫忙，我才可以來到姊姊的身邊，所以就忍不住私心期盼邵峯哥哥的戀情可以實現……姊姊，對不起。」

「不用道歉，宥亞妳沒做錯什麼，謝謝妳跟我說實話。」她柔聲安慰，並問：「小潔的事，邵峯哥哥是怎麼安慰妳的？」

「他說小潔可能覺得，如果我真的跟學姐交往，她對我來說就不再是最重要的人，而這會讓小潔痛苦到無法接受，希望我能別怪小潔，因為他相信這對小潔來說也是個艱難的選擇。雖然我們已經絕交了，但只要我心裡仍有小潔，也許有一天我們還是能重拾友誼。聽邵峯哥哥這麼說，我就漸漸釋懷了，我會尊重小潔的決定，耐心等待我們可以再當好朋友的那天。」

「嗯，一定可以的。」她微笑，話鋒一轉。「媽最近還好嗎？」

這是汪辰榕第一次主動對她提起母親，因此女孩沒有馬上反應過來，五秒後才結結巴巴回：「還、還好。媽媽她最近工作很忙，在家時間不多，但她有在關心我！」

「是嗎？那就好。幫我轉告媽，請她保重身體。等她沒那麼忙碌，我們三人找時間一起吃頓飯。」她說。

女孩又驚又喜，迫不及待地答應下來。

週五晚上，汪辰榕跟尹邵峯來到上次光顧的熱炒店。見面的前一天，她才告知對方自己已恢復單身，並邀他隔天下班一起吃飯，尹邵峯一口答應。

尹邵峯這次也提早到，見他已經幫她倒好一杯烏龍茶在桌上，汪辰榕噗哧一笑。「你是篤定我一定心情不好，才點烏龍茶？」

「那妳要喝酒嗎？」他問。

「沒關係，就烏龍茶，今天我想保持清醒。」

她放下包包，直接坐在男人旁邊，一口乾掉那杯烏龍茶，再給自己倒一杯。

「欸，我以前寫給你的那張待辦清單，你還記得幾個？」

「全都記得啊。誰心情不好，就請對方喝烏龍茶；吵架不許冷戰，要好好溝通；不逼對方做不願意的事；一直當好朋友。」他一口氣流暢說完，連順序都沒講錯。

她瞠目，「你怎麼這麼厲害？」

男人擰眉，「又不是多難記的內容，而且我若不記清楚，妳會放過我？」

「知道就好。」她眉眼彎彎，托腮看他。「尹邵峯，問你一個問題。」

「什麼？」

「假如我們現在在一起，你決定跟我求婚，你會怎麼開口？」

尹邵峯轉頭對上她的眼睛，回答：「我不會跟妳求婚。」

「為什麼？」她納悶。

「明知妳不想結婚，我怎麼可能還這麼做？才剛說完承諾過妳的事，這樣豈不是自打嘴巴？」

「齁，我只是在跟你聊天。先別管那些問題，我單純好奇你這個人的答案。是不是會說想照顧我一生一世，讓我幸福一輩子之類的話？」

這次尹邵峯過了很久才回應：「我不會那樣說，如果我真的決定跟妳求婚，第一步會先把我的健檢報告拿給妳看。」

「健檢報告？為什麼？」這個答案完全出乎她的意料，甚至以為他在開玩笑。

「因為我想向妳證明我很健康，沒有生病，不會因身體上的病變，突然發生意外而離開妳。往後每一年也會這麼做，讓妳相信我不會輕易因這個理由，留下妳一個人。」

汪辰榕瞬間沒有回話。

尹邵峯喝一口烏龍茶，用不帶波瀾的語氣繼續說：「當然，我也知道這麼做不能保證這種事不會發生，所以我的第二步，是在登記的第二天為妳買保險，或是辦信託規劃，讓妳即使真遇上這種情況，生活也不會受影響；要是有小孩就更不用說了，我會盡量做得更全面。排除所有可能讓妳感到不安跟痛苦的事物，確保妳往後的人生不會因為任何理由陷入困頓，就是我的目標，也是我最想照顧妳的方式。」

「嗯，還有第三步嗎？」

「第三步的話，我說了妳別生氣。其實我仍希望妳能跟妳媽和好，所以我想我會……」尹邵峯還未說完，汪辰榕就吻上他沾染烏龍茶香的溫熱雙唇，五秒後才慢慢離開。

「我已經跟我媽約好一起吃飯的時間了。」她含笑看進他的眼底，「這些話如果是別人來說，我未必會相信。但因為這是尹邵峯的計畫，所以我很確定能成功辦到。」

在男人反應過來前，她啞聲說：「尹邵峯，就當作是我的願望，你能不能唱陳奕迅的一首歌給我聽？」

「什麼歌？」

「〈永遠都天明〉。」

尹邵峯僵住，片刻後出聲：「Eric 跟妳說了？」

「嗯，他給我看你當年表演的影片，你跟艾瑪瞞著我的事，我也知道了。」對他說出事情的來龍去脈後，她淡淡道：「不管是艾瑪、Eric，還是宥亞，都是打從心底心疼你，希望你能從我這裡得到幸福。你讓我覺得自己像是個笨蛋，而且很殘酷。」

聞言，他難得失了平時的鎮定。「汪辰榕，我……」

「我不是在怪你啦，我只是想知道，你真的是因為當年的車禍，認為再也沒資格在我身邊嗎？你明知道我不可能責怪你的吧？」

「我知道妳不會。」尹邵峯眼角重重抽動，眼底出現一分疼痛的情緒。「可是我讓妳來不及跟妳爸道別。當年妳被送進醫院，妳爸其實還有一絲意識，得知妳出車禍昏迷，他非常擔心，我承諾會好好照顧妳，妳爸才安心闔上眼睛。妳原本可以見到妳爸最後一面，我卻讓妳留下一生的遺憾，還差點害死妳，所以我很難原諒我自己。」

他泛紅的雙眼，讓汪辰榕緊緊握住他的手，沒有再放開。

「別這麼說，謝謝你陪著我爸到最後一刻，讓他走得不孤單。你以前跟我說過，若發現計畫不如預期，就盡力去調整，別輕易就全部放棄。如果我沒有遇見你，我的人生就會錯過很多東西，所以我想用今後的人生報答你，換我來守護你。看過 Eric 給我的影片，我很確定當年我若在場，真的會愛上你。雖然你的計畫遲了整整九年，但這次看完後再愛上你，還是算數吧？」

尹邵峯笑出來，抹掉滑落他臉上的一滴淚，饒富興味問她：「汪辰榕，妳是在跟我求婚嗎？」

「對，我在跟你求婚，這是我今天唯一的待辦事項。」

當汪辰榕從包包裡拿出準備好的婚戒，尹邵峯整個人先是驚呆，不敢置信，最後臉紅掩嘴笑得開懷，彷彿回到高中時的純真。

鄰桌的客人跟店員看見求婚的這一幕，都紛紛為他們吹口哨跟鼓掌，送上最熱情的祝福。

走過無數次岔路，汪辰榕徹底明白，自己不願再錯過的是什麼。

倘若選擇的結果會有尹邵峯，那對她便是正確的選擇。

穿過時光的洪流，這一次她終於清楚聽見男孩心底的聲音，找到值得她回應的真心。

她相信只要有尹邵峯，往後的每個日子，都會是最璀璨的光明。

後記

〈直到風起的那一刻〉

我小時候忘記在哪看過，提到夢日記是可以疏理你的前世，以及預言很多事情，還提到人生當中有時候很多事情可以在夢裡找到答案。

但是夢境，尤其越是至關重要的夢境，越會在你離開床鋪的那一刻遺忘。於是提到建議大家一起床，就馬上寫下剛剛做的夢，這樣一段時間後，就可以發現很神奇的部分。

所以我那時候也開始寫了，但是只寫了兩天哈哈哈。

這些年「夢日記」這件事情又開始紅了起來，但現在的我是已經沒辦法寫了，早上起床就開始忙碌的一天，真的很難呢。

但不得不說，年輕時代做的夢，有時候醒來了都會細細回味，覺得是一場好棒的夢，甚至還能成為寫作的靈感。

所以推薦大家，有機會也可以寫寫看夢的日記喔。

我認為夢是一個很神奇的地方，它究竟是代表潛意識，還是讓你的意識飄到不同的維度、空間，甚至是穿越未來呢？

在寫作的時候，我很喜歡用夢境去代表一些人們不願面對的傷痛，或是給人在夢裡又有另一個機會重來。

我覺得夢是在現實人生中給的慰藉，所以如果今天很不開心，我都會祈禱今天能做個好夢。或是發生什麼暫時無法解決的事情，也會希望可以在夢境找到一點方式。

此篇故事，大家對於結局的見解是什麼？

年輕時如果我看到類似這種「善意的謊言」，我都會覺得為什麼要這樣子，應該要說實話啊。

但是隨著年紀，我越來越覺得「善意的謊言」是一種善舉。逝去的人已經離開，重點是要活著的人還能活下去，兩個女人都是李銘修愛過的，唯有釋懷與度過後，才能真正的繼續前往下一段人生。

所以李銘修真實會怎麼做？我想不言而喻吧，但是，他到底怎麼想也不重要了，重要的是，活著的人該相信什麼而活下去。

反正若有一天，大家地下相見，總是會知道實話，而到那時候，我們都走過了屬於自己的劫數與困境，換來的是能夠接受一切的釋然。

原本想說，希望大家都有個不後悔的人生，但是想想人生怎麼可能沒有後悔的事情，且正是因為後悔過，才會有昇華後的自己。

所以最後，改祝福大家遇到任何困境，都有跨越的勇氣與智慧吧。

Misa

〈你尋找的那一片海〉

這次合集的主題是「選擇／拉扯」，能寫的故事非常廣泛，要聚焦卻不是件容易的事，大抵思索要寫一個什麼模樣的故事，過程中，我也經歷了各式各樣的拉扯與選擇。

最後我選擇了蘇靜儀和周景程。

蘇靜儀面對了諸多的拉扯和選擇，例如工作與夢想，例如故鄉與城市，又例如敢不敢再次選擇去愛。

同樣地，在她的視線之外，果斷直進的周景程也有著拉扯與選擇，他不想錯過這份喜歡，於是他給了另一種選擇。

我們總是認為相愛的人必須手牽手一起踏上相同的路，因此必須做出諸多的捨棄，但是愛從來不是一場以失去為基底的事，或許，會有一個屬於彼此的選擇。

這其實也是因曾聽聞過的一對夫妻而起，他們結了婚，卻克服長輩的壓力，各自在不同國家追逐彼此的夢想，他們各自前行，卻相互支持。那之中有我所沒有的勇氣，是一件非常美好的事，於是我想寫進故事，希望能有更多人從中尋找到更多的選擇。

同時，很感謝又一次的合集，碰撞出新的可能，也讓我有更多機會用作品和大家交流。

Sophia

〈答案是你〉

這次的主題訂得很廣，是「選擇／拉扯」。

人的一生中有許多拉扯，感情上更是，無時無刻都在選擇中掙扎；之前就很想寫一篇這樣的故事，關於人為什麼非要結婚？結婚這件事既不能代表一定幸福美滿、也不能代表一定會快樂，更不能代表各方面未來一定會健全，但還是很多人覺得只要談戀愛，似乎就該往結婚的方向走。

自己寫著寫著，像是在寫辯論的稿子，正方與反方，結果發現正方的論點好薄弱，因為我真的無法證明結婚一定會幸福美滿快樂，有雙親的小孩絕對會理智健全。

結果我也在文字中拉扯了。

至於等待，暗戀的人、等待久的人是不一定能獲得愛情的，希望大家的愛都不要太過卑微，有時不是誰的錯，只是沒有緣分而已，換下一個吧！

最後，由衷感謝購買這本書的您們，購書才是對作者最實質且直接的支持，沒有您們的購書，作者便無法繼續書寫下去，謝謝！

笭菁

〈永遠都天明〉

很開心又跟大家見面了。這一次合集的主題是「選擇／拉扯」。由於範圍很廣，構思的方向也變得多，反而有點不知道怎麼選。有次在YouTube上隨機播放陳奕迅的作品，突然聽到〈永遠都天明〉這首歌，很有感覺，很快就決定以這首歌作為故事主軸，也直接將歌名作為故事的名字。

很慶幸終於又有一個好結局，前兩篇的劇情都偏哀傷，還好這次沒發生中途變調的意外。（鬆口氣）

謝謝大家支持我們的第六本合集，謝謝你們依然喜歡看小說。

我們第七本合集再見嘍。

晨羽

All about Love / 42

如果愛是選擇題

國家圖書館出版品預行編目資料
如果愛是選擇題／ Misa、Sophia、笭菁、晨羽 著.
一初版.一臺北市： 春天出版國際, 2025.09
面；公分.一（All about Love ；42）
ISBN 978-626-7735-33-6（平裝）
863.57 114008266

ISBN 978-626-7735-33-6
Printed in Taiwan

作　者　Misa、Sophia、笭菁、晨羽
總編輯　莊宜勳
企劃主編　鍾靈
責任編輯　黃郁潔

出版者　春天出版國際文化股份有限公司
地　址　台北市大安區忠孝東路四段303號4樓之1
電　話　02-7733-4070
傳　真　02-7733-4069
E－mail　frank.spring@msa.hinet.net
網　址　http://www.bookspring.com.tw
部落格　http://blog.pixnet.net/bookspring
郵政帳號　19705538
戶　名　春天出版國際文化股份有限公司
出版日期　二〇二五年九月初版
定　價　340 元

總經銷　楨德圖書事業有限公司
地　址　新北市新店區中興路二段196號8樓
電　話　02-8919-3186
傳　真　02-8914-5524